2me SÉRIE

DU

MAGASIN THÉÂTRAL

PIÈCES NOUVELLES

JOUÉES SUR TOUS LES THÉÂTRES DE PARIS.

THÉÂTRE DES FOLIES-DRAMATIQUES.

LA CUISINIÈRE BOURGEOISE,

Comédie-Vaudeville en DEUX actes, de M. MARC-MICHEL.

25 cent.

PARIS.

MARCHANT, ÉDITEUR,

Boulevart Saint-Martin, 12

1re SÉRIE DU MAGASIN THEATRAL

À 25 Centimes.

L'ALCHIMISTE, dr. en 5 actes, par Alex. Dumas.

L'APPRENTI, ou l'Art de faire une Maîtresse, vaudeville en 1 acte.

ATAR-GULL, drame en 5 actes.

L'AUBERGE DE LA MADONE, drame en 5 actes.

L'AUMONIER DU RÉGIMENT, vaudeville 1 acte.

LA BERLINE DE L'ÉMIGRÉ, drame en 5 actes.

LES BRIGANDS DE LA LOIRE, drame en 5 actes.

LA BICHE AU BOIS, féerie.

CALIGULA, tragédie en 5 actes, par Alex. Dumas.

LE CANAL SAINT-MARTIN, drame en 5 actes.

LE CABARET DE LUSTUCRU, vaudeville 1 acte.

CHEVAL DE BRONZE, opéra-comique de Scribe.

LA CHAMBRE ARDENTE, drame en 5 actes.

LES CHAUFFEURS, drame en 5 actes.

CHRISTINE A FONTAINEBLEAU, drame, par Frédéric Soulié.

CHRISTOPHE LE SUÉDOIS, drame en 5 actes.

LES CHEVAUX DU CARROUSEL, drame 5 actes.

LE CHATEAU DE VERNEUIL, drame en 5 actes.

LE CHATEAU DE SAINT-GERMAIN, drame 5 actes.

LE CHEF-D'ŒUVRE INCONNU, drame en un act.

LES CHIENS DU MONT SAINT-BERNARD.

CROMWELL ET CHARLES Ier, drame en 5 actes.

LE COMMIS ET LA GRISETTE, vaud. 1 acte.

LES DEMOISELLES DE SAINT-CYR, drame en 5 actes, par Alex. Dumas.

LES DEUX DIVORCES, vaudeville en un acte.

LA DEMOISELLE MAJEURE, vaudeville en 1 acte.

DON JUAN DE MARANA, par Alexandre Dumas.

LA DOT DE SUZETTE, drame en 5 actes.

LE DOIGT DE DIEU, drame en un acte.

LA DUCHESSE DE LA VAUBALIÈRE, drame 5 actes.

DIANE DE CHIVRY, drame, par Frédéric Soulié.

LA DERNIÈRE NUIT D'ANDRÉ CHÉNIER, monologue en un acte.

L'ÉCLAT DE RIRE, drame en 3 actes.

LES ENFANTS D'ÉDOUARD, par Casimir Delavigne.

L'ÉLÈVE DE SAINT-CYR, drame en 5 actes.

LES ENFANTS DE TROUPE, vaudeville en 2 actes.

LES ENFANTS DU DÉLIRE, vaudev. en 1 acte

ESTELLE, comédie, par Scribe.

ÊTRE AIMÉ OU MOURIR, idem.

EULALIE-GRANDIN, drame en 5 actes

LES ENRAGÉS, vaudeville en 1 acte.

EN SIBÉRIE, drame en 3 actes.

LA FAMILLE MORONVAL, drame en 5 actes.

LA FAMILLE DU FUMISTE, vaudeville en 2 actes

FABIO LE NOVICE, drame en 5 actes.

LE FILS DE LA FOLLE, drame en 5 actes, par Frédéric Soulié.

LA FILLE DE L'AVARE, comédie-vaud. 2 actes.

LA FAMILLE DE LÉON, drame en 3 actes 11 tabl.

LA FILLE DU RÉGENT, comédie en 5 actes.

LES FÊTES DE SAINT-CLOUD, drame en 5 act.

FRANÇOIS JAFFIER, drame en 5 actes.

FRÉTILLON, comédie-vaudeville en 3 actes.

LA FIOLE DE CAGLIOSTRO, vaudeville en 1 acte.

FORTE-SPADA, drame en 5 actes.

LE GARS, drame en 5 actes.

GASPARD HAUSER, drame en 5 actes.

LA GAZETTE DES TRIBUNAUX, vaud. 1 acte.

GENEVIÈVE DE BRABANT, mélodrame 4 actes.

HALIFAX, comédie 3 actes, par Alex. Dumas.

L'HONNEUR DANS LE CRIME, drame en 5 actes.

L'HONNEUR DE MA MÈRE, drame en 3 actes.

INDIANA, drame en 5 actes.

LES IMPRESSIONS DE VOYAGE, vaud. 2 actes.

JACQUES LE CORSAIRE, drame en 5 actes.

JACQUES CŒUR,   idem.

JEANNE DE FLANDRE, drame en 5 actes.

JEANNE DE NAPLES,   idem.

JEANNE HACHETTE, drame en 5 actes.

JE SERAI COMÉDIEN, comédie en un acte.

LESTOCQ, opéra comique en 3 actes, par Scribe.

LA LECTRICE, comédie vaudeville en 2 actes.

LÉON, drame en 5 actes.

LOUISE BERNARD, dr. en 5 a., par Alex. Dumas.

LE LAIRD DE DUMBIKI, par Alex. Dumas.

LUCIO, drame en 5 actes.

LORENZINO, drame, par Alex. Dumas.

LA LESCOMBAT, drame en 5 actes.

MARINO FALIERO, tragédie en 5 actes, par Casimir Delavigne.

LE MARI DE LA VEUVE, comédie en un acte, par Alex. Dumas.

MARIE, comédie en 5 actes, par Mme Ancelot.

LE MANOIR DE MONTLOUVIERS, drame 5 actes.

MARGUERITE D'YORK, drame en 5 actes.

LA MARÂTRE DE SAINT-PIERRE, idem.

LA MAIN DROITE ET LA MAIN GAUCHE, idem.

MADELEINE, idem.

MADEMOISELLE DE LA FAILLE, idem.

MARGUERITE DE QUÉLUS, idem.

LA
CUISINIÈRE BOURGEOISE

COMÉDIE-VAUDEVILLE EN DEUX ACTES,

PAR M. MARC-MICHEL,

REPRÉSENTÉE, POUR LA PREMIÈRE FOIS, A PARIS, SUR LE THÉATRE DES FOLIES-DRAMATIQUES, LE 9 MARS 1849.

PERSONNAGES.	ACTEURS.	PERSONNAGES.	ACTEURS.
BALANDIER	MM. HEUZEY.	HONORINE	DINAH.
VERTMINOIS	H. REY.	CATHERINE	CAMILLE.
ALEXIS	COUTARD.	FÉLICITÉ	HÉLOÏSE.
FRANÇOISE	Mmes LÉONTINE.	UN NOTAIRE, INVITÉS.	

La scène est à Paris.

ACTE PREMIER.

Un salon chez Balandier.— Porte au fond ; quatre portes latérales ; un buffet au fond à gauche ; une table sur le devant à droite.

SCÈNE PREMIÈRE.

ALEXIS. (*Il frappe à la porte de droite, écoute, puis frappe encore en appelant.*)

Monsieur Balandier !... monsieur ! monsieur Balandier !

BALANDIER, *dans sa chambre.* Qui va là ?

ALEXIS. C'est moi... Alexis... le neveu de mademoiselle Françoise, votre cuisinière.

BALANDIER, *de même.* Que diable me veux-tu ?

ALEXIS. Je venais vous demander si vous dormiez encore... ou si vous êtes éveillé.

BALANDIER, *de même.* Je dors encore.

ALEXIS. Bien !... bon !... je repasserai, monsieur Balandier... ne vous réveillez pas. (*A lui-même, marchant sur la pointe du pied.*) Retirons-nous bien doucement... de peur de troubler son sommeil. (*Il se heurte à un meuble.*) Oh !

SCÈNE II.

HONORINE, ALEXIS.

HONORINE, *sortant de sa chambre à gauche, et apercevant Alexis.* Ah !

ALEXIS, *se retournant.* Ciel !

HONORINE. Monsieur Alexis !

ALEXIS. Mademoiselle Honorine !... vous ici ?

HONORINE. D'hier seulement... Mon oncle Balandier est venu me chercher à ma pension, parce que c'est aujourd'hui sa fête.

ALEXIS. La Saint-Balandier ?

HONORINE. Eh non... la Saint-Hilarion.

ALEXIS. Ah ! mon Dieu !... j'ai oublié le bouquet.

HONORINE. Mais vous, monsieur Alexis... par quel hasard ?...

ALEXIS. J' vas vous dire, mamzelle ! — Ma tante Françoise, la bonne à monsieur vo-

1850

tre oncle... est allée v'là huit jours en Picardie... toucher un petit héritage... dont j'aurai aussi ma part...

HONORINE, *avec intérêt.* Ah ! vous héritez?

ALEXIS. Oui, mamzelle... Et en partant elle m'a bien recommandé de venir, tous les matins, épousseter les fauteuils de monsieur, vergeter ses habits... faire son lit... Et à présent que vous êtes ici... oh ! mamzelle Honorine !... je ferai aussi le vôtre !...

HONORINE. Oh ! non, merci.

ALEXIS, *avec passion.* Oh ! mamzelle !... vous rappelez-vous quand ma tante Françoise est entrée ici, chez monsieur Balandier ? vous aviez quelque chose comme huit ans... moi, j'en avais douze... nous jouions ensemble... à des jeux innocents.

HONORINE. Comme nous étions enfants !

ALEXIS. C'était de notre âge !... mais depuis... vous avez grandi...

HONORINE. Et vous?...

ALEXIS. Moi aussi... je ne m'en cache pas... votre oncle vous a placée dans une pension...

HONORINE. A Picpus. -- Et votre tante vous a fait entrer en apprentissage.

ALEXIS. Chez un perruquier coiffeur... Oh! mamzelle... étudier l'art de faire des barbes... quand on est amoureux... c'est bien cuisant...

HONORINE, *riant.* Pour les pratiques.

ALEXIS. C'est ce que je voulais dire !... Dieu sait tous les mentons que j'ai écorchés, toutes les oreilles que j'ai raccourcies... en pensant à vous !

HONORINE, *riant.* Vraiment ! mais vos clients devaient crier !...

ALEXIS. Oh! oui... ils criaient !... mais j'allais toujours... parce que... je me disais : Tant que je ne serai pas le neveu de la cuisinière de monsieur Balandier, jamais il ne voudra me donner sa nièce en légitime...

HONORINE, *baissant les yeux.* Monsieur Alexis !

ALEXIS. Mais une fois perruquier coiffeur... oh ! je serai digne d'elle... Avant d'être rentier, votre oncle était fabricant de casquettes... la casquette et la coiffure... ça se touche ; il n'y a pas même l'épaisseur d'un cheveu...

HONORINE. C'est vrai !... et... vous comptez bientôt ?...

ALEXIS. Je nourris cet espoir !... Oui ! avec mes petites économies... et ma part de l'héritage... j'achèterai le fonds de mon patron .. et alors...

AIR : *A mes goûts d'ancien troubadour troupier*
J' mettrai mon bel habit flambant,
Et ma cravat' de mousseline,
Et je viendrai solennell'ment
D'mander votr' main, chère Honorine !
(*Parlé.*) Et alors...
Nous n' jouerons plus, mon cœur me l' dit,
Aux jeux innocents... au contraire !
A part.
Et j' pourrai toucher à son lit ;
Mais ce n' sera pas..., pour le faire !
Oh ! non, si j' touche, etc.

(*Parlé.*) Voici monsieur Balandier !

SCÈNE III.

LES MÊMES, BALANDIER.

HONORINE, *allant à lui.* Bonjour, mon oncle.

BALANDIER. Bonjour, ma petite Honorine. (*Il l'embrasse. — A Alexis.*) Ah ! tu es encore ici, toi ?

ALEXIS. Oui, monsieur... j'attendais que vous fussiez levé pour faire votre ménage.

BALANDIER. Bien obligé.

HONORINE. Vous avez bien dormi, mon oncle ?

BALANDIER. Parfaitement... Je suis tombé trois fois de mon lit.

HONORINE. Oh !...

ALEXIS. Je m'en doutais... ma tante Françoise m'avait dit que vous aimiez avoir la tête haute... et...

BALANDIER. Et tu me construis une montagne russe... Tiens, mon garçon... je te crois pétri de bonne volonté. Mais, jusqu'au retour de Françoise, tu peux te dispenser...

ALEXIS. Oh ! du tout !... Eh ! que dirait ma tante, si je ne vous soignais pas?...

BALANDIER. Tu me soigneras comme barbier... Et tiens ! c'est justement aujourd'hui mon jour de barbe... tu vas me raser.

ALEXIS. Oh ! pour ça, non !

BALANDIER. Comment ! non !

ALEXIS. Je ne vous le conseille pas... je suis trop ému... ça vous cuirait trop.

BALANDIER. Tu es ému !... Et pourrait-on savoir pourquoi?

ALEXIS, *regardant Honorine à la dérobée.* Pourquoi ?... ma tante vous le dira à son retour.

BALANDIER. Ah ! très-bien !... De façon que, jusqu'au retour de Françoise, je vais laisser pousser ma barbe ?...

ALEXIS. Eh bien, attendez... je vais me refaire la main sur d'autres mentons... des mentons qui ne me sont de rien... et je reviens.

BALANDIER. C'est cela !

ENSEMBLE.

Air de Daranda : Oui, jurons-nous.

Va, mon ami, tâche de te remettre,
Et de calmer ta vive émotion ;
Refais ta main, de peur de compromettre,
En me rasant, mon nez et mon menton.

ALEXIS.

Je vais, monsieur, tâcher de me remettre,
Et de calmer ma vive émotion...
C'est fort prudent pour ne pas compromettre,
En vous rasant, la peau de votr' menton.

HONORINE.

Bien vite, il faut tâcher de vous remettre,
De votre main calmer l'émotion ;
Car sans cela vous pourriez compromettre,
En le rasant, son nez et son menton.

ALEXIS, sortant et revenant aussitôt. Ah ! pardon, monsieur Hilarion... j'oubliais de vous souhaiter votre fête. (Il embrasse Honorine.)

BALANDIER. Eh bien ! eh bien !

ALEXIS. Pour votre fête ! (Alexis sort par le fond.)

SCÈNE IV.
HONORINE, BALANDIER.

BALANDIER. Quel olibrius !

HONORINE. Ce pauvre Alexis !... il vous aime tant, mon petit oncle !

BALANDIER. Oui !... mais ce n'est pas une raison pour qu'il t'embrasse.

HONORINE. Oh ! mon oncle !... quand on a grandi ensemble !

BALANDIER. Ce n'est pas une raison pour qu'il t'embrasse !...

HONORINE, câlinement. Allons !... est-ce que vous allez gronder ?...

BALANDIER. Eh bien, non ! eh bien, non ! Ah ! ma pauvre nièce, j'ai le caractère affreusement aigri depuis huit jours !

HONORINE. Pourquoi cela, mon Dieu ?

BALANDIER. Honorine... si tu étais un ancien fabricant de casquettes... rentier... célibataire... et accoutumé depuis près de dix ans aux attentions d'une bonne pour tout faire... tu me comprendrais !... Cette fille-là avait pris mon pli... elle était rompue à mes habitudes... je trouvais toujours mes pantoufles au pied de mon lit... ma robe de chambre sur mon fauteuil... mon lait de poule sur ma table... nocturne.

HONORINE. Je comprends ça.

BALANDIER. Bref ! je menais une existence de pacha à trois queues... je peux le dire !

HONORINE. A trois queues, mon oncle ?

BALANDIER. C'est un détail de la coiffure

des pachas... Je n'avais qu'à me laisser vivre, à me laisser rouler sur les rails de la vie, sans m'occuper de rien.

Air du charlatanisme.

Écoute une comparaison,
Figure exacte, explicative :
Moi, vois-tu, j'étais le wagon,
Elle était la locomotive...
Mais un matin, la chaîne rompt,
La machine fuit... Peine extrême !
Et depuis, ma position
Est celle d'un pauvre wagon
Réduit à se rouler lui-même.

HONORINE. Mais, mon oncle, Françoise ne tardera pas à revenir.

BALANDIER. Le sais-je ?... un mois... six semaines peut-être... et ; pendant ce temps, je dors mal, je dîne mal, je digère mal... je m'enrhume mal... De plus, une idée m'a traversé hier... si Françoise ne revenait pas ; si, grâce à ce maudit héritage, elle allait se marier... me quitter... vois-tu dans quel affreux isolement...

HONORINE. Eh bien... et moi, mon oncle ? et votre bonne petite nièce ?...

BALANDIER. C'est justement dans le but de parer à cet accident que je t'ai fait sortir de pension... pour ma fête.

HONORINE. Vous ne serez plus seul...

BALANDIER. Oui... et j'ai résolu en outre de te faire un cadeau... aussi pour ma fête.

HONORINE. Un cadeau ?

BALANDIER. Destiné comme toi à me tenir compagnie.

HONORINE. Et ce cadeau, c'est ?

BALANDIER. Devine.

HONORINE. Un épagneul ?

BALANDIER. Non ; un mari.

HONORINE. Pour moi ?

BALANDIER. Parbleu !... et pour moi aussi ?

HONORINE, à part. Penserait-il à Alexis.

BALANDIER. Que dis-tu de mon idée ?

HONORINE. Dam ! mon bon oncle... puisque c'est utile... nécessaire à votre bonheur...

BALANDIER. Indispensable...

HONORINE, le câlinant. Mais... vous me laissez libre de choisir ?...

BALANDIER. Entièrement... pourvu que ton choix tombe sur M. Athanase Vertminois !...

HONORINE, stupéfaite. Vertminois !... qu'est-ce que c'est que ça ?

BALANDIER. Le cadeau en question.

HONORINE. Vertminois !...

BALANDIER. Joli nom, n'est-ce pas ?

HONORINE. Mais je n'ai jamais connu...

BALANDIER. Rassure-toi... je le connais,

moi... j'ai fait sa connaissance au café Turc...
il y passe ses journées... ce qui prouve qu'il
a de la fortune...

HONORINE. Mais, mon oncle...

BALANDIER. Je n'ai pas eu plus tôt parlé de
tes dix-sept ans et de tes 20,000 fr. de dot...
qu'il s'est épris pour moi d'une vive amitié...
et il m'a demandé ta main...

HONORINE. Sans m'avoir vue ?...

BALANDIER. Il va te voir... je l'attends...

HONORINE. Ici ?...

BALANDIER, *regardant à sa montre.* Dans
moins d'une minute !... Nous irons déjeuner
tous les trois chez Bonvalet... toujours pour
ma fête... — C'est adroit, hein ?

HONORINE, *avec dépit.* Je vous assure,
mon oncle, que ce M. Vertminois...

BALANDIER, *prêtant l'oreille.* Tais-toi... je
crois que le voici...

HONORINE. Oh ! je m'en vais...

BALANDIER. Reste... et développe-toi...
(*Ecoutant.*) Chut ! il essuie ses pieds au
paillasson. . Tu vois que c'est un homme
très-bien élevé.

HONORINE, *à part.* Quand il serait élevé...
comme la colonne Vendôme, je ne l'épouserai
pas.

SCÈNE V.

LES MÊMES, VERTMINOIS (*Toilette de
mauvais goût. Il tient un énorme bouquet d'une main, et se couvre la joue avec
son mouchoir.*)

VERTMINOIS, *entrant, à la cantonade.*
Attendez donc ; que diable ! on va vous
payer.

BALANDIER. Qu'y a-t-il, mon cher Vertminois ?

VERTMINOIS. Prêtez-moi trois francs.

BALANDIER. Hein ?

VERTMINOIS. Prêtez-moi trois francs... je
vous expliquerai ça...

BALANDIER. En voilà cinq, avez-vous de
quoi me rendre ?

VERTMINOIS, *prenant la pièce.* Ça ne fait
rien... donnez toujours... je vous expliquerai ça... (*Il sort un moment.*)

BALANDIER. Bon ! bon ! allez !... (*A sa
nièce.*) Eh bien !... comment le trouves-tu ?

HONORINE. Un peu sans façons...

BALANDIER. Du tout... puisqu'il va nous
expliquer ça... (*Le voyant revenir.*) Ah !

VERTMINOIS, *rentrant, et examinant de la
monnaie.* M'a-t-elle bien rendu mes quarante
sous ?... Oui !... (*Balandier tend la main.
— Vertminois les met dans sa poche.*) Eh !
bonjour, cher monsieur Balandier !... (*Il lui
presse la main. — Saluant Honorine.*)

Mademoiselle... (*A Balandier.*) Elle est charmante !

HONORINE, *à part.* Il est très-laid !

BALANDIER, *à part.* Il est très-distingué !

VERTMINOIS, *haut. Se posant et présentant son bouquet.* Permettez que je vous la
souhaite bonne et heureuse... accompagnée
de plusieurs autres... et de ce bouquet d'o-
reilles d'ours... emblème des sentiments avec
lesquels j'ai l'honneur d'être... (*A part.*)
Fichtre ! ça me cuit !

BALANDIER. Ah ! mon cher Vertminois ?...
Mais qu'avez-vous ?... Auriez-vous mal aux
dents ?

VERTMINOIS. Non ! c'est un maudit barbier qui vient de m'écorcher...

BALANDIER. Au bout de la rue ?

VERTMINOIS. Non ; au bout du menton.

BALANDIER, *à demi-voix à Honorine.* Je
sais qui c'est.

HONORINE. C'est Alexis... pour se refaire
la main.

BALANDIER. Ça vous cuit ?

VERMINOIS. Au contraire ! la vue seule de
mademoiselle m'a totalement guéri.

BALANDIER, *à Honorine.* Tu lui fais l'effet
d'une compresse.

VERTMINOIS. Mais laissons cela... il est
l'heure...

BALANDIER. L'heure de quoi ?

VERTMINOIS. J'ai pris mon absinthe.

BALANDIER. Ah ! vous avez pris votre absinthe ?

VERTMINOIS. Pour me disposer au petit
gueuleton d'amitié que vous m'avez annoncé
pour ce matin.

BBLANDIER. Nous partons !... Je vous attendais...

VERTMINOIS. Allons-y gaiement... J'ai l'estomac dans mes jarretières... et je n'ai pas
de jarretières... ce qui fait qu'il ne tient pas.
(*Il va se mirer dans la glace.*)

BALANDIER, *riant, à Honorine.* Ah ! ah !
ah ! Il est pétri d'esprit ! Va mettre ton chapeau, Honorine.

HONORINE, *à demi-voix.* Mais, mon oncle... ce monsieur oublie de vous expliquer...

BALANDIER. Tiens ! c'est vrai... Vertminois, ma nièce a raison, vous m'aviez promis l'explication...

VERTMINOIS. Moi ? de quoi ?

BALANDIER. Vous savez bien... tout à
l'heure... les cinq francs...

VERTMINOIS. Ah !... les trois francs.

BALANDIER. Non, les cinq francs !

VERTMINOIS. Les trois francs !... Ne parlons pas de ça... c'était pour payer la bou-
quetière... J'ai oublié mon porte-monacos
dans mon autre gilet...

BALANDIER. Votre porte-monacos !

VERTMINOIS. Oui ! ma bourse !

BALANDIER. Ah ! c'est désagréable !

VERTMINOIS. Ne m'en parlez pas… (A part.) et ça m'arrive tous les jours. (Haut.) Partons-nous ?

BALANDIER. A l'instant !

HONORINE, bas. Il a payé le bouquet avec votre argent.

BALANDIER, bas. Il me le rendra ! (Haut.) Va mettre ton chapeau neuf !

HONORINE. Mais, mon oncle… je n'ai pas faim.

BALANDIER. On n'a pas besoin d'avoir faim pour mettre un chapeau neuf…

HONORINE, à part. Quel ennui ! (Elle entre dans sa chambre.)

BALANDIER, à Vertminois. Je suis à vous… je vais passer mon habit vert-bouteille, Vertminois ?… (Il entre chez lui.)

VERTMINOIS, l'accompagnant jusqu'à sa porte. Couleur de circonstance, pour un banquet.

SCÈNE VI.

VERTMINOIS, seul.

Quelle chance !… moi qui ne possède pour toute fortune qu'un talent de première force au billard et aux dominos !… épouser une dot de dix-sept ans… et de 20,000 livres !… La petite n'a pas encore mordu… elle mordra tout à l'heure… en déjeunant… c'est immanquable !… Quant à l'ex-fabricant de casquettes… il est déjà coiffé de mes belles manières et de mon langage faubourg Saint-Germ!… Mais minute !… on le dit non moins coiffé de mademoiselle Françoise, sa bonne !… c'est dangereux !… Rien n'entortille un vieux garçon comme une jeune bonne !

Air :

Elle le soigne et le dorlotte,
Elle le met dans du coton ;
Lait de poule, julep, compote,
Pour l'estomac du vieux garçon
Rien n'est trop doux, rien n'est trop bon !
Pendant vingt ans la fine mouche
Le couche bien douillettement…
Pour qu'à son tour le vieux la couche,
La couche… sur son testament.
C'est le maître un beau jour qui couche
La bonne, sur son testament !

Si je parviens à faire camper celle-ci à la porte, avant son retour, j'aurai gagné deux fameuses manches !

SCÈNE VII.

VERTMINOIS, BALANDIER. (Il n'a qu'une manche de son habit passée, et cherche à trouver l'autre.)

BALANDIER, entrant. Vous parlez de manches, cher ami ?

VERTMINOIS, surpris et troublé. Oh !

BALANDIER. Figurez-vous que voilà un quart d'heure que je cherche la mienne…

VERTMINOIS, l'aidant. Tenez… la voilà.

BALANDIER. Oh ! merci !… Depuis que Françoise, ma bonne, est en voyage… je suis ahuri !… abruti !…

VERTMINOIS, à part. Profitons de son abrutissement. (Haut.) Oui ! elle vous manque, cette chère Françoise… Eh bien mais dites donc !… pourquoi ne prendriez-vous pas une autre bonne ? en attendant !…

BALANDIER. Oui, vous m'avez parlé d'une demoiselle Catherine…

VERTMINOIS. Je vous la garantis !

BALANDIER. Mais, diable ! c'est que si Françoise, à son retour, trouvait ici une remplaçante… quelle scène !… quel esclandre !… Elle serait capable de déserter pour toujours de chez moi !

VERTMINOIS, à part. J'y compte bien ! (Haut.) Allons donc ! n'ayez donc pas peur… puisque c'est en attendant…

BALANDIER. Je ne dis pas, mais…

VERTMINOIS. J'ai écrit à Catherine… Elle doit venir de ma part…

BALANDIER. Vous avez pris la peine !

VERTMINOIS. Comment donc ! un sujet précieux !… Sage, fidèle, dévouée… (A part.) A mes intérêts.

BALANDIER. Vraiment ! Eh bien ! ma foi… nou verrons…

VERTMINOIS, à part. Bravo !

BALANDIER. Mais sitôt que Françoise m'annoncera son retour… je renvoie votre Catherine.

VERTMINOIS. Parfaitement… (A part.) Elle exigera ses huit jours… et l'autre la trouvera ici !… Ah ça mais, la jeune dot est bien longtemps à mettre son chapeau. Je meurs de faim… (Jetant un cri.) Ah !!!

BALANDIER, effrayé. Ah !!! qu'avez-vous, cher ami ?

VERTMINOIS. Rien !… c'est l'absinthe qui continue ses ravages.

BALANDIER. Nous allons y mettre un terme ! (Appelant.) Honorine ! Honorine ! donc !…

SCÈNE VIII.

LES MÊMES, HONORINE.

HONORINE, entrant. Mais, me voilà, mon oncle !…

BALANDIER. Tiens !… pourquoi n'as-tu pas mis ton chapeau neuf ?

HONORINE. Mon oncle… c'est.., c'est que le temps n'est pas sûr…

BALANDIER. Tu crois ?

VERTMINOIS, *avec une galanterie affectée.*
Ce qu'il y a de sûr, mademoiselle... c'est que
vous êtes *ficelée* à ravir !

HONORINE, *à elle-même.* Je suis ficelée !...

VERTMINOIS. Parole d'honneur... votre
toilette est on ne peut pas plus *chic !*.

HONORINE. Plus chic !...

BALANDIER, *dans le ravissement.* Il a trop
d'esprit !... Allons déjeuner !... Cher ami,
donnez le bras à ma nièce.

VERTMINOIS, *offrant son bras.* Mademoiselle...

HONORINE, *prend le bras de Vertminois
avec hésitation. A part.* Si Alexis me voit
passer... il est capable de couper l'oreille à
une pratique !

ENSEMBLE.

AIR de *M. Oray.*

BALANDIER.

Venez, c'est moi qui vous régale,
Précédez votre amphitryon :
Venez calmer votre fringale
Et boire à saint Hilarion !

VERTMINOIS.

Oui, d'avance je me me régale
D'avoir un tel amphitryon ;
Et je vais calmer ma fringale
Et boire à Saint Hilarion.

HONORINE.

C'est un ennui que rien n'égale ;
J'aimais mieux à ma pension,
Si c'est ainsi qu'on me régale,
Passer la Saint-Hilarion.

BALANDIER.

Excusez-moi si, pour ma fête,
Au restaurant je vous conduis ;
Vous traiter ici serait plus honnête,
Si Françoise était au logis.

VERTMINOIS, *à part.* Oui... mais j'aime
mieux qu'elle n'y soit pas !...

LA VOIX DE FRANÇOISE, *dans la coulisse*
Merci, merci, père Rigaud... un excellent
voyage, comme vous voyez...

BALANDIER, *vivement.* Attendez donc !...
on dirait...,

HONORINE, *quittant le bras de Vertminois.*
Mais oui !...

VERTMINOIS, *alarmé.* Quoi donc ?...

FRANÇOISE, *en dehors.* Aide-moi donc,
Lexis... tu vois bien que ta tante est chargée
comme un bidet...

ALEXIS, *en dehors.* Oui, tante ! oui,
tante !

BALANDIER, *transporté de joie.* Mon ami...
c'est bien elle !

HONORINE. C'est Françoise !

VERTMINOIS, *vexé, à part.* Françoise !!!
Ah! nom d'un... bloqué !!!

SCÈNE IX.

LES MÊMES, FRANÇOISE, *chargée de paniers,* ALEXIS, *portant aussi des paniers.* *

FRANÇOISE, *entrant, et avec un cri de
joie.* M. Balandier !...

BALANDIER, *allant à elle .** Françoise!*
(*Ils s'embrassent, Françoise tenant toujours
ses paniers.*)

ENSEMBLE.

AIR : *Final de* Melle *Faribole.*

TOUS, *excepté Vertminois.*

Grand Dieu ! quelle plaisir, quel fête !
Elle est parfaite !
Elle est complète !
De bonheur, j'en perdrai la tête !
Oui, le bonheur
Remplit mon cœur !

VERTMINOIS.

Du retour de cette soubrette
Je m'inquiète...
Quel trouble-fête !
De dépit j'en perdrai la tête !
Oui, ce bonheur
Navre mon cœur.

FRANÇOISE, *à Balandier.*

Monsieur, je voudrais encor
Vous embrasser... mais bien fort !

BALANDIER.

Mais viens donc, ma pauvre Françoise !
Il l'embrasse.

ALEXIS, *ému.*

Dieu ! que c'est touchant !

FRANÇOISE, *à Honorine.*
Et toi,
Honorine, embrasse-moi !

VERTMINOIS, *à part.*

A Pontoise
Je voudrais la voir, ma foi !

FRANÇOISE. Mon bon maître.

BALANDIER. Ma bonne bonne !

VERTMINOIS. Je suis vexé !

REPRISE DE L'ENSEMBLE.

FRANÇOISE, *pleurant d'attendrissement.*
Ah ! j'en ai la larme au nez !

BALANDIER, *de même.* Moi aussi !

ALEXIS, *de même.* Moi aussi !

VERTMINOIS, *à part.* J'ai le nez cassé !
(*Ils se mouchent tous quatre bruyamment.*)

BALANDIER. Ah ça ! ma pauvre fille, tu
as donc terminé tes affaires ?

FRANÇOISE. Ah! ben , oui, terminé !...

---

* Honorine, Alexis, Françoise, Balandier, Vertminois.

** Alexis, Honorine, Françoise, Balandier, Vertminois.

j'en avais au moins pour trois mois... J'hérite de 6,000 francs !

ALEXIS, *la débarrassant de ses paniers, qu'il porte sur le buffet.* Et moi *itou !*...

BALANDIER, *à Françoise.* 6,000 francs!...

FRANÇOISE. Oui, monsieur... ça vient de ma grand' tante Chippotard !... Mais quand j'ai vu que tout ça traînait... j'ai donné ma *porcuration* au notaire... et je suis revenue.

BALANDIER. Cette bonne Françoise... Tu t'ennuyais donc de ne plus me voir ?

FRANÇOISE. Ah ! monsieur !.. j'en maigrissais... je fondais comme une chandelle des huit.

ALEXIS, *avec confusion.* Ça se voit .*

FRANÇOISE. Mais vous aussi, monsieur, je vous trouve changé...

BALANDIER. Oui... j'ai changé d'habit.

FRANÇOISE. Vous avez pâti, j'en suis sûre... (*A Alexis, avec reproche.*) T'as donc pas bien soigné monsieur, toi !

ALEXIS. Mais si, tante !... demandez-lui.

BALANDIER. Parfaitement.

FRANÇOISE. Mais, me v'là... et, soyez tranquille... je ne vous quitterais plus pour des millions... pour des milliasses !...

VERTMINOIS, *à part.* C'est gai !

BALANDIER, *à Vertminois.* Hein ! c'est-il là de l'attachement !

VERTMINOIS, *feignant l'admiration.* Ah ! fichtre ! ah ! fichtre !!!

FRANÇOISE. Ah !... pardon... je n'avais point encore aperçu monsieur... (*Bas.*) Qu'est-ce que c'est que celui-là ?

BALANDIER, *le présentant.* Monsieur Athanase Vertminois...

FRANÇOISE. Vertminoir ?

VERTMINOIS, *la reprenant.* ...Minois, s'il vous plaît !

BALANDIER. Un ami dont j'ai fait la connaissance au café Turc.

FRANÇOISE, *étonnée.* Mossieu est un Turc?

ALEXIS. Il n'a pas de turban ! Ah mais, attendez donc ! je remets monsieur... je l'ai rasé ce matin...

VERTMINOIS. Ah ! c'est vous !.. merci !... je m'en souviendrai... (*A part.*) Que vient faire ici ce petit merlan?...

BALANDIER, *à Françoise.* Tu t'es souvenue que c'était aujourd'hui la Saint-Hilarion ?...

FRANÇOISE. Comment, si je m'en suis souvenue !... Et tous ces cadeaux que j'apporte pour vous du pays!

BALANDIER. Des cadeaux !

FRANÇOISE. Mais !!! mais !... Aide-moi , Lexis !

ALEXIS. Oui, tante !

* Alexis, Honorine, Françoise, Balandier, Vertminois.

FRANÇOISE, *ouvrant ses paniers.* *

AIR : *Ah ! que j' suis content.* (Mme Larifla.)
Ah! que j'ai d' bonheur ! d' pouvoir vous offrir en
[r'venant,
Quelques p'tits cadeaux pour vous prouver mon atta-
Ah ! que j'ai d' bonheur,   [ch'ment !
Si vous les r'cevez de bon cœur !
Ah ! que j'ai d' bonheur ! (*Bis.*)

Elle lui montre dans des paniers les objets qu'elle nomme, puis lui met les paniers sur les bras.

V'là d'abord pour vous
De poir's et d' reinettes
Deux bannettes !
Un pot d' beurre frais... et six petits fromages mous ;
V'là pour Honorine,
Un' galette de fine
Farine ;
Et pour Alexis un sucre de pomm's de trois sous !

ALEXIS, *parlé.* Merci. tante ! (*Il se met à le sucer.*)

BALANDIER, *embarrassé par les paniers qu'il a sur les bras.*

Suite de l'air.

C'est trop de cadeaux !

FRANÇOISE, *le chargeant encore.*

Oh ! c' n'est pas tout !... T'nez, un' bécasse ;
Un' pair' d' pigeonneaux,
Un' de poulets, un' de perdreaux !

BALANDIER.

Assez, sarpejeu !

FRANÇOISE, *de même.*

Et ce canard ! et cette oi' grasse !
Et l' plat du milieu...

BALANDIER.

Encor !

FRANÇOISE.
Un gros dindon, monsieu !

BALANDIER, *ployant sous le faix.* C'est trop !... beaucoup trop !... En conscience... je ne puis accepter...

FRANÇOISE. Vous me refusez !... (*Sanglotant.*) Ah ! ah ! ah ! c'est donc pour m'humilier...

BALANDIER *et* HONORINE , *la calmant.* Françoise !...

ALEXIS, *de même.* Ma tante !...

BALANDIER. Eh bien ! là !... j'accepte !... j'accepte tout !...

FRANÇOISE, *joyeuse.* Vrai ?...

BALANDIER. Mais pour Dieu ! débarrasse-moi ! (*Elle le laisse chargé.*)

REPRISE ENSEMBLE.

FRANÇOISE.

Ah ! que j'ai d' bonheur, etc.

HONORINE *et* ALEXIS.

Ah ! qu'elle a d' bonheur, etc.

* Honorine, Alexis, Françoise, Balandier, Vertminois.

BALANDIER, *chargé.*

Ah ! c'est trop d' bonheur ! c'est éreintant ! c'est
De tous tes présents, je suis vraiment [écrasant!
Reconnaissant !
Ah ! c'est trop d' bonheur !
Je suis rendu, parole d'honneur !
Ah ! c'est trop d' bonheur ! (*Bis.*)

VERTMINOIS, *à part.*

Ah ! c'est trop d' malheur ! car la friponne, en ce
[moment,
Par tous ces cadeaux vise pour sûr au testament.
Ah ! c'est trop d' malheur !
Je suis vexé, parol' d'honneur !
Ah ! c'est trop d' malheur ! (*Bis.*)

FRANÇOISE, *déchargeant Balandier.* Je voulais vous apporter aussi une feuillette de
cidre...

BALANDIER, *effrayé.* Une feuillette !!!

FRANÇOISE. Mais il n'était pas prêt. (*Elle
remonte.*)

BALANDIER, *étirant ses bras.* C'est heureux !... (*A part.*) Je lui revaudrai tout ça...
je lui achèterai une robe de 6 fr. 50. (*Haut.*)
Mais tu dois être fatiguée.

FRANÇOISE. Moi ! fatiguée... ah ! ben !...

BALANDIER. Si ! si ! repose-toi... nous allons déjeuner au restaurant...

FRANÇOISE. Quand je suis là !... Vous ne
me feriez pas cet affront... Je suis venue ex-
près pour votre fête... vous déjeunerez ici...

BALANDIER. Eh bien ! soit... Au fait,
j'aime mieux ça...

VERTMINOIS, *à part.* Pas moi !

BALANDIER. Nous allons faire un petit tour
de promenade pour gagner de l'appétit... (*Il
va prendre au fond sa canne et son chapeau.*)

VERTMINOIS. Bonne idée !... (*A part.*)
Quand je flageolle d'inanition ! (*Offrant son
bras à Honorine.*) Mademoiselle...

HONORINE. Merci, monsieur... je reste
pour aider Françoise.

BALANDIER. Comme tu voudras.

ALEXIS. Et moi aussi...

BALANDIER, *prenant le bras de Vertminois.* Venez, cher ami...

FRANÇOISE. Allez, monsieur... ça ne sera
pas long... Je veux que vous vous léchiez les
doigts jusqu'au coude... vous, et monsieur
Turc, votre ami !...

BALANDIER, *riant.* Elle vous appelle
Turc !... excellente fille !...

ENSEMBLE.

AIR : *Dans les Confitures.* (*Final du Troupier.*)

BALANDIER.

Fais bon feu,
Et dans peu,
A ton repas délectable,

Nous venons tous à table,
Faire honneur,
Et de grand cœur !

HONORINE, FRANÇOISE *et* ALEXIS.

Sans adieu,
Et dans peu,
A son repas délectable
   non
Vous viendrez tous à table,
Faire honneur,
Et de grand cœur !

VERTMINOIS, *à part.*

Oui, morbleu !
Sarpejeu !
D'ennui son retour m'accable !
On dirait que le diable
A pris à cœur
Mon malheur.

BALANDIER, *bas à Vertminois.* Ah ça,
fichtre ! vous allez écrire à votre Catherine
qu'elle se garde bien de venir ici !

VERTMINOIS. Parbleu ! (*A part.*) Ah ! sa-
prelotte ! si Catherine avait bon nez !

REPRISE ENSEMBLE.

Balandier et Verminois sortent par le fond.

SCÈNE X.

ALEXIS, FRANÇOISE, HONORINE.

FRANÇOISE. Allons ! mes enfants, à la be-
sogne !... Viens, Lexis, plume ce canard,
pendant que j'en ferai autant à cette paire
de pigeons...

ALEXIS, *prenant le canard.* Oui, tante !

FRANÇOISE. Toi, Honorine, mets les fruits
dans les compotiers. (*Elle lui donne un
compotier qu'elle prend dans le buffet.*)

HONORINE. C'est cela ! (*Ils s'asseyent tous
trois, Alexis à gauche, Françoise au milieu, Honorine à droite, près de la table.*)

FRANÇOISE, *plumant.* Ce cher monsieur !...
quel bon maître !... Mais où donc qu'il a été
dénicher ce paroissien mahométan ?

ALEXIS, *plumant.* Celui que j'ai rasé d'une
main émue...

HONORINE, *plaçant les fruits dans le compotier.* N'est-ce pas, Françoise, qu'il est bien
laid ?

FRANÇOISE. Pardi ! ça m'est ben égal...
j'veux pas en faire mon amoureux !...

ALEXIS. Ni moi non plus.

HONORINE, *à Françoise.* Mais qu'est-ce
que tu dirais si on voulait qu'il le fût ?

FRANÇOISE. Hein !... qu'est-ce qu'il y a
donc, ma petite ?... t'as un air tout chose en
me parlant de ce particulier.

ALEXIS, *inquiet, se levant.* Ah ! mais c'est
vrai, vous avez l'air chose...

HONORINE. Il y a... mais non, je ne veux

pas dire ça devant Alexis... il ferait des bêtises...

ALEXIS, *tenant le canard et joignant les mains, très-inquiet.* Ah! ciel de Dieu!...

FRANÇOISE, *à Alexis.* Va-t'en à la cuisine.

ALEXIS. Du tout, je reste... je veux savoir... Parlez, mamzelle, parlez!...

FRANÇOISE. Est-ce que par hasard ton oncle penserait...

HONORINE. Eh bien, oui... ce vilain monsieur Vertminois, il veut me le faire épouser!

FRANÇOISE, *avec éclat.* Te donner un mari de Turquie!...

ALEXIS, *désolé et furieux.* Ah! sacristi!... ah! fichtre!... ah! nom d'un canard!... (*Il lance le canard par terre.*)

FRANÇOISE, *criant et se levant.* Eh ben! veux-tu bien respecter cette bête, animal!... (*Le ramassant.*) Est-ce que c'est sa faute, à ce canard, si monsieur a des idées de dindon?...

ALEXIS. Dites des idées de tigre! de rhinoféroce!

HONORINE, *à Françoise.* Je te demande un peu si je puis aimer cet individu?

ALEXIS, *furieux.* Vous le demandez!...

FRANÇOISE. Veux-tu te taire?

ALEXIS. Mais vous ne savez donc pas que j'aime mamzelle depuis dix ans... et que mamzelle me correspond depuis la même époque?...

FRANÇOISE. Mais oui, je le sais!... Deux enfants élevés ensemble... J'attendais, pour parler à monsieur, que tu aies une position dans le monde, que tu sois perruquier en chef!... Monsieur n'est pas fier, il me considère... tu as six mille francs, ça aurait pu s'arranger... Mais il paraît qu'en mon absence on s'est permis d'avoir des idées sans moi, sans me consulter.

ALEXIS. Vous appelez ça des idées!... Oh!...

FRANÇOISE, *allant au buffet.* Mais rien n'est perdu... me voilà... j'ai bon bec... console-toi et... plume ton canard.

ALEXIS. Comment! vous allez fricotter pour cet affreux Vertminois?... Comment, brigand! tu mangerais les pigeons de ma tante! tu mangerais son canard... sauvage que tu es?...

FRANÇOISE.* Il dînera... monsieur l'a invité... mais laissez-moi faire.

ALEXIS. Eh bien, oui, ma bonne tante, je vous laisse faire... Oh! laissez-moi vous embrasser. (*Il l'embrasse.*)

FRANÇOISE. Tu me décoiffes!

ALEXIS. Oh! mamzelle!... (*Il l'embrasse.*)

* Françoise, Alexis, Honorine.

Laissons-la faire. Oh! mon Dieu! si j'avais su tantôt que je tenais le menton de mon rival, cristi!...

FRANÇOISE.

AIR *du val d'Andorre.*

Dépêchons-nous. (*Lorettes et aristos.*)
Va chez toi, ma p'tite Honorine,
D'eau fraîche bassiner tes yeux,
Toi, Lexis, va dans la cuisine
M'allumer deux ou trois feux.

REPRISE ENSEMBLE.

FRANÇOISE.

Va chez toi, etc.

HONORINE.

Du mari que l'on me destine,
Délivre-moi, car tu le peux.
Déjà je me sens moins chagrine;
Protége-nous tous les deux!

ALEXIS.

Allez, mamselle Honorine,
D'eau fraîche mouiller vos beaux yeux;
J' vais allumer dans la cuisine
Un feu moins chaud que mes feux!

Alexis entre dans la cuisine et Honorine dans sa chambre.

SCÈNE XI.

FRANÇOISE, *seule.*

Oui, j'ai bon bec, et je parlerai à monsieur, et s'il fait sa tête, eh bien, j'ai six mille francs, j'achète une maison, je me fais propriétaire... et je le sers sans gages, par amitié... parce que, pour quitter monsieur, oh! ça, jamais!... il ne pourrait pas se passer de moi... Oui, c'est ça, c'est décidé... en attendant, troussons-lui sa crapaudine.

SCÈNE XII.

FRANÇOISE, CATHERINE.

CATHERINE, *à la porte du fond.* Monsieur Balandier, s'il vous plaît? *

FRANÇOISE, *à part.* Hein!... qu'est-ce que c'est que celle-là?... une jeunesse!...

CATHERINE, *à part.* Une bonne?... est-ce que je me serais trompée d'étage?... (*Haut.*) Monsieur Balandier, c'est-il ici, mamzelle?

FRANÇOISE. Oui, c'est ici.

CATHERINE, *étonnée et entrant.* Tiens!

FRANÇOISE. Et qu'est-ce que vous lui voulez, à monsieur Balandier, ma petite?

CATHERINE. Ma petite!... oh! ce ton!...

FRANÇOISE. Allez-vous me faire l'honneur de me répondre?

CATHERINE. Mais, ma petite, ce n'est pas à vous que j'ai affaire, c'est au bourgeois.

* Catherine, Françoise.

FRANÇOISE. Mais, sapristi! dites-moi donc qui vous êtes et ce que vous venez faire ici!...

CATHERINE. Eh ben! sapristi! je suis mademoiselle Catherine, cuisinière, et je viens pour remplacer celle du bourgeois.

FRANÇOISE. Me remplacer! (*Suffoquant.*) Me... me... me... remplacer!

CATHERINE. Mais, dam! ma chère, il n'y a pas de quoi se mettre dans des états... Tous les jours un bourgeois flanque son compte à sa cuisinière...

FRANÇOISE, *furieuse.* Apprenez, pécore, que monsieur ne m'a rien flanqué du tout!

CATHERINE. Eh bien! il paraît qu'il en a l'intention, puisqu'il m'a fait demander par son ami Vertminois.

FRANÇOISE, *criant.* Le Turc Vertminois!

CATHERINE. Allons! ma petite, ne vous tournez pas les sens... Je vois que monsieur n'y est pas... Je reviendrai.

FRANÇOISE. Ne t'en avise pas... ou sinon! (*Elle la menace avec une volaille.*)

CATHERINE. Oh! par exemple!

FRANÇOISE, *avec colère.*

AIR : *Viens, ma belle, je t'appelle.*

Allons, vite!
Ma petite,
Qu'on me tourne les talons!
Prends la rampe,
Et décampe,
Si tu crains les horions!

ENSEMBBE.

Allons, vite, etc.

CATHERINE.

Je vous quitte,
Ma petite,
Mais bientôt nous nous r'verrons!
J' prends la rampe,
Et je décampe;
Je n' crains pas vos horions!

Catherine sort en riant de la fureur de Françoise.

SCÈNE XIII.

FRANÇOISE, *puis* ALEXIS.

FRANÇOISE, *hors d'elle-même.* Me remplacer!!! me... me... Ah! ah! je crois que je vais me trouver mal! (*Elle chancelle.*)

ALEXIS, *accourant son soufflet à la main, et la recevant dans ses bras.* Ma tante! ma tante!... qu'est-ce qu'il y a donc?

FRANÇOISE. Soutiens-moi, Lexis! soutiens-moi!

ALEXIS, *ployant sous le poids de Françoise.* Je fais ce que je peux!... Mais vous pesez! (*Il l'assied sur une chaise à droite.*)

FRANÇOISE, *évanouie.* De l'air, de l'air!

ALEXIS, *soufflant sur elle avec son soufflet.* En voilà, ma tante! Mais, bon Dieu! qu'est-ce qui vous est donc arrivé?

FRANÇOISE. Du vinaigre... Ah!

ALEXIS, *courant de côté et d'autre.* Oui, tante... Où ça?... Là! Non!... Ah! dans la cuisine!... Attendez-moi. (*Il court dans la cuisine.*)

SCÈNE XIV.

FRANÇOISE, BALANDIER, *puis* ALEXIS.

BALANDIER, *en dehors.* Ne soyez pas longtemps, cher ami... on va se mettre à table...

FRANÇOISE. C'est lui!... (*Elle se lève vivement et passe à gauche.*)

BALANDIER, *sans remarquer son trouble et s'asseyant à la place qu'elle a quittée.* * Me voici, ma petite Françoise... Vertminois meurt de faim... Il m'a quitté pour aller m'acheter un gâteau de Savoie... Ce garçon-là se ruine pour moi... Je lui ai prêté cent sous... Ton déjeuner avance-t-il? boulotte-t-il?...

FRANÇOISE, *croisant les bras et avec colère.* Votre déjeuner, monsieur?...

ALEXIS, *accourant très-vivement une bouteille à la main**.* Voilà le vinaigre, respirez, respirez fort! (*Il met la bouteille sous le nez de Balandier.*)

BALANDIER, *jetant un cri.* Ah!

ALEXIS, *pétrifié.* Tiens!

BALANDIER, *qui a le nez tout noir.**** La bouteille au cirage!

ALEXIS, *encore plus stupéfait, regardant la bouteille.* Tiens! tiens!

BALANDIER, *furieux, se frottant le nez et se levant.* Imbécile! brute! animal bête!

ALEXIS. Mais, monsieur, c'est ma tante qui se trouvait mal!

BALANDIER, *avec intérêt.* Comment! ma pauvre fille!

FRANÇOISE, *avec colère.* Non! je ne me trouve pas mal!... Au contraire!

BALANDIER. Mais explique-moi...

FRANÇOISE, *ôtant son tablier de cuisine.* Ça n'est pas la peine!

ALEXIS. Pourtant, ma tante...

FRANÇOISE. Et toi... monte à ma chambre... fais ma malle... et descends-la ici.

BALANDIER. Ta malle?

ALEXIS. Ah! bah! Est-ce que vous allez encore en voyage?

* Françoise, Balandier, *assis,*
** Françoise, Alexis, Balandier.
*** Françoise, Balandier, Alexis,

FRANÇOISE. Va! file! obéis... ou je te renie. Tu n'es plus le neveu de ta tante !

ALEXIS. Oh! non! Oh! non!... Je veux l'être jusqu'au trépas! (*Il sort par la cuisine.*)

SCÈNE XV.

FRANÇOISE, BALANDIER.

BALANDIER. Ah ça ! mais... vas-tu me dire ce que tout ça signifie!... Pourquoi t'es-tu trouvée mal ?... et que veux-tu faire de la tienne... de malle?

FRANÇOISE, *sèchement.* L'emporter.

BALANDIER. Où ça?

FRANÇOISE. A mon pays.

BALANDIER. Est-ce que tu aurais encore hérité?... Ah ! mais, ça deviendrait abusif.

FRANÇOISE. Non, monsieur, non... je n'hérite pas...

BALANDIER. C'est donc un voyage d'agrément ?

FRANÇOISE. Oui, monsieur, d'agrément... pour vous.

BALANDIER. Voyons, voyons... je ne comprends pas un mot... Qu'est-ce que tu as ? Il t'es donc arrivé quelque accident... Est-ce que tu as brûlé le déjeuner ?

FRANÇOISE. Brûlé votre déjeuner... Rassurez-vous , monsieur... si quelqu'un le brûle... ce ne sera pas moi...*

BALANDIER. Et qui donc ?

FRANÇOISE. Qui donc? Ma remplaçante, apparemment...

BALANDIER. Ta ?...

FRANÇOISE. Votre mam'zelle Catherine !

BALANDIER, *saisi.* Catherine est venue !... (*Désolé.*) Imbécile de Vertminois!

FRANÇOISE. Ne vous chagrinez pas... elle va revenir...

BALANDIER. Françoise ?

FRANÇOISE. Et je lui cède la place... Je n'attendrai pas que vous me chassiez...

BALANDIER. Moi ! te chasser... Mais, au contraire... Laisse-moi t'expliquer...

FRANÇOISE. Oh ! il n'y a rien à expliquer. Est-ce que monsieur n'est pas le maître?

BALANDIER. Non !

FRANÇOISE. Je vous ai servi dix ans. Vous m'avez payée... Nous sommes quittes. Vous ne me devez rien.

BALANDIER. Mais si... je te dois...

FRANÇOISE, *sanglottant.* Attachez-vous donc aux maîtres ; sacrifiez-leur donc votre belle jeunesse... votre réputation...

* Balandier, Françoise.

BALANDIER , *étonné.* Tu m'as sacrifié ta réputation ?

FRANÇOISE. Oui, monsieur... Je vous l'ai sacrifiée... Une jeune bonne qui reste dix ans chez un vieux garçon, ça fait jaser... et on jase... dans le quartier... dans mon village même...

BALANDIER. Mais tu sais bien que jamais...

FRANÇOISE. Est-ce qu'on croit ça?

BALANDIER. C'est vrai!... On n'y croit pas... Eh bien ! mais , alors... reste avec moi... passe ta vie avec moi !

FRANÇOISE. Jamais! vous êtes un ingrat... Vous verrez... vous verrez si votre Catherine vous fera des bouillons comme les miens... si elle vous soignera comme moi... si elle vous donnera votre lait de poule... si elle bassinera votre lit avec du sucre et de la cannelle... V'là l'hiver qui approche... votre catarrhe va vous reprendre...

BALANDIER , *alarmé.* Je suis déjà enrhumé.

FRANÇOISE. Je ne vous donne pas six mois à vivre !

BALANDIER, *désolé.* Mais si tu me quittes, je suis un homme mort.

FRANÇOISE. Ce sera bien fait... ça vous apprendra à vivre !

BALANDIER , *désolé.* Imbécile de Vertminois... avec sa Catherine !

SCÈNE XVI.

LES MÊMES, ALEXIS, *portant la malle.*

ALEXIS. * Ma tante... voilà la malle.

FRANÇOISE. C'est bien ! charge-la sur ton dos.

ALEXIS, *obéissant.* Oui, tante.

BALANDIER. Du tout... pose-là à terre.

ALEXIS, *obéissant.* Oui, monsieur.

BALANDIER , *à Françoise.* Tu ne t'en iras pas.

FRANÇOISE. Je m'en irai! (*A Alexis.*) Charge la malle! (*Il obéit.*)

BALANDIER. Pose la malle! (*Il obéit.*)

ALEXIS. Ah ! mais !

BALANDIER.** Françoise, je te jure que je ne prendrai pas cette Catherine...

ALEXIS. Hein !

FRANÇOISE. C'est égal... je m'en vais.

BALANDIER. Je t'achèterai une robe.

FRANÇOISE. Je n'en veux pas... Charge la malle... (*Alexis va obéir.*)

BALANDIER, *l'arrêtant.* Posez malle !

* Balandier, Alexis, Françoise.
** Alexis, Balandier, Françoise.

ALEXIS. C'est éreintant! (*Il s'assied dessus.*)

BALANDIER, *à Françoise.* Je double tes gages.

FRANÇOISE. Non.

BALANDIER. Je t'assure des rentes!

FRANÇOISE. Non!

BALANDIER. Je te mets sur mon testament!

FRANÇOISE. Non! non! non!... *

BALANDIER. Mais tu veux donc mon décès?

ALEXIS. Et le mien aussi, tante.

FRANÇOISE. Vas-tu charger cette malle, à la fin!

ALEXIS. Oui, tante!... (*Il obéit, et va se placer près de la porte du fond à droite**.*)

BALANDIER. Eh bien! mais... sacristi! sacrelotte... si je te donnais...

FRANÇOISE. Je n'en veux pas. (*Elle remonte pour sortir.*)

BALANDIER, *la ramenant.***Tu ne sais pas quoi.

FRANÇOISE. Ça ne fait rien...

BALANDIER. Mais, grosse bête...

FRANÇOISE. Je ne veux pas que vous m'appeliez grosse bête..... (*Elle remonte pour sortir.*)

BALANDIER. Mais... petite bête... si je te donnais... mon nom et ma main!

FRANÇOISE *et* ALEXIS, *jetant un cri.* Ah! (*Elle laisse tomber ses paniers.*)

BALANDIER. Voyons!... refuserais-tu encore?

FRANÇOISE, *hors d'elle-même.* Moi! votre femme! pour de bon!

BALANDIER. Puisqu'il n'y a pas d'autre moyen de te retenir!

FRANÇOISE, *sautant de joie.* Ah! ciel de Dieu! Ah! ciel de Dieu!

ALEXIS, *de même, avec la malle sur le dos.* Ah! ciel de Dieu!

FRANÇOISE, *criant.* Posez... malle!

ALEXIS. Voilà! (*En déchargeant la malle de dessus ses épaules, il la laisse tomber sur Vertminois qui entre, suivi de Catherine, et écrase le gâteau de Savoie qu'il porte.*)

SCÈNE XVII.

LES MÊMES, VERTMINOIS, CATHERINE, *par le fond;* HONORINE, *sortant de sa chambre.*

VERTMINOIS, *entrant.* Voici le gâteau! (*La*

* Françoise, Ballandier, Alexis, *au fond.*

** Françoise, Alexis, *un peu en arrière*, Ballandier.

*** Ballandier, Françoise, Alexis, *au fond.*

malle l'écrase.) Ah! (*Il trébuche dans les paniers qui sont à terre.*)

TOUS. Ah!*

ENSEMBLE.

AIR de M. Oray.

FRANÇOISE.

Ah! bonheur sans égal!
De plaisir j' vais m' trouver mal.
Moi, femme du bourgeois!
J'en d'viendrai folle, je crois!

BALLANDIER.

Ah! c' bonheur sans égal
L'égare, ell' va s' trouver mal!
Ah! pour cette fois
Je vais être heureux, je le crois.

ALEXIS.

Ah! bonheur sans égal!
De plaisir, j' vais m' trouver mal!
J' suis l' neveu du bourgeois,
Et bientôt je l' serai deux fois!

LES AUTRES.

Quel bruit infernal!
Pourquoi donc tout ce bacchanal!
Ah! je ne conçois
Rien à tout ce qu'ici je vois!

HONORINE. Qu'y a-t-il donc?

FRANÇOISE. Ce qu'il y a?

ALEXIS. Ce qu'il y a?

VERTMINOIS. Qu'est-ce qu'il y a?

BALANDIER. Il y a... que pour reconnaître les soins affectueux et dévoués de cette excellente Françoise, je l'épouse. (*Etonnement.*) Honorine, embrasse ta tante.

FRANÇOISE. Viens, ma chère nièce! (*Elle l'embrasse.*)

ALEXIS, *follement, et courant de l'un à l'autre.* Oui, embrassons-nous tous... Oh! mon oncle! Oh! ma tante! Oh! ma cousine!... (*Il les embrasse; puis allant à Vertminois, les bras ouverts, il le reconnaît et le repousse.*) Oh! oh! non! pas vous!

VERTMINOIS, *bousculé.* Doucement, douc!

ALEXIS, *bas, à Honorine.* Nous revenons sur l'eau. (*Il remonte avec elle et revient à gauche**.*)

VERTMINOIS, *à part.* Je suis collé sous-bande!

BALANDIER. Et... ça... grâce à vous, cher ami... Si vous n'aviez pas envoyé ici votre Catherine!...

* Ballandier, Françoise, Honorine, Alexis, Vertminois, Catherine.

** Alexis, Honorine, Ballandier, Françoise, Vertminois, Catherine.

VERTMINOIS, *à part.* Triple animal que je suis ! (*Il remonte.*)

FRANÇOISE, *reconnaissant Catherine.* Eh ! mais, là voilà... C'est ma remplaçante...

CATHERINE. * Je vois, madame Balandier, que je n'ai plus rien à faire ici.

FRANÇOISE. Rien à faire ! Au contraire, je vous prends à mon service, ma petite... (*Elle détache son tablier de cuisine et le lui donne.*) Allons, vivement... faites-nous à déjeuner... Et, attention ! songez que je n'y connais...

CATHERINE. Je ferai tout mon possible pour contenter madame Balandier ! (*Elle met le tablier de cuisine**.*)

FRANÇOISE. Madame Balandier !... Ah ! que ce nom chatouille agréablement mes ouïes ! (*Présentant la main à Balandier.*) Venez, Hilarion. C'est drôle, je ne pourrai jamais vous *appeler* Hilarion, tout court.

BALANDIER. Bah ! appelle-moi tout court.

FRANÇOISE. Venez, mon époux... Passons au salon, en attendant qu'on nous serve !

BALANDIER, *lui prenant la main.* Madame!... Dans quinze jours le repas de noces. (*A lui-même.*) Je suis bien sûr comme ça devivre comme un coq en pâte jusqu'à ma dernière heure.

* Alexis, Honorine, Balandier, Françoise, Catherine, Vertminois.
** Alexis, Honorine, Balandier, Françoise, Vertminois, Catherine.

CHOEUR.

AIR : *Oui, c'est le roi.* (Marquis de Carabas.)

FRANÇOISE.

Ah ! quel bonheur ! que mon âme est ravie !
Je deviens donc la dame du logis !
J' vais à mon tour, je vais être servie,
Dans la maison, où dix ans je servis !

BALANDIER.

De cet hymen, oui, mon âme est ravie !
Sur l'avenir je n'ai plus de soucis...
Et désormais je vais passer ma vie
Comme un pacha, dans un vrai paradis !

HONORINE *et* ALEXIS.

De cet hymen, oui, mon âme est ravie !
Pour mon amour, je n'ai plus de soucis.
Elle fera le bonheur de ma vie...
Nos vœux bientôt, vont tous être accomplis.

VERTMINOIS.

De cet hymen, mon âme est peu ravie,
Elle devient la maîtresse au logis,
Elle a pour moi fort peu de sympathie ;
Adieu mes plans, ils sont très-compromis.

CATHERINE.

De cet hymen elle est fière et ravie !
Elle devient la dame du logis.
Est-elle heureuse d'être à son tour servie !
De ses grands airs, ah ! de bon cœur je ris.

Pendant que Balandier, tenant Françoise par la main, se dirige vers le salon, deuxième porte à gauche, Vertminois offre son bras à Honorine, mais Alexis se place entre eux, prend le bras d'Honorine et passe le sien sous celui de Vertminois ; celui-ci s'en dégage avec humeur, et les suit au salon en faisant un signe d'intelligence à Catherine.

ACTE DEUXIÈME.

Un salon plus riche que celui du premier acte.—Porte au fond, deux portes de chaque côté.—Au fond à gauche, un petit secrétaire, sur lequel est une corbeille à ouvrage ; à gauche, premier plan, une toilette ; à droite, premier plan, un guéridon, fauteuils, fleurs, etc.

SCÈNE PREMIÈRE.

BALANDIER, *sortant de la chambre à gauche, premier plan ; il est en pantoufles, en bras de chemise, et tient ses bottes à la main et son paletot sur son bras. Appelant:* Thérèse! Victoire! Suzette!.. (*A lui-même.*) Je ne sais plus au juste !... C'est vrai, depuis deux mois que je suis marié... et que nous habitons rue du Croissant, ce logement que nous a trouvé Vertminois, nous changeons si souvent de bonnes, que je m'embrouille dans les noms... Où diable est donc cette fille ?... Pas d'eau chaude pour ma barbe, mes bottes pas cirées... mon paletot pas brossé... à neuf heures du matin ! et moi qui me suis marié pour être bien servi !... (*Appelant.*) Jeannette! Perpétue! Nanon !

SCÈNE II.

BALANDIER, HONORINE.

HONORINE , *entrant par la droite, deuxième plan.* C'est vous qui appelez, mon oncle ?

BALANDIER. Oui, c'est moi.

HONORINE. Félicité est chez ma tante.

BALANDIER , *à lui-même.* Ah ! c'est Félicité qu'elle s'appelle !

HONORINE. Elle est en train de la lacer... Faut-il ? (*Fausse sortie.*)

BALANDIER. Non ! non !... ne la dérange pas !... Je brosserai moi-même. (*Il brosse.*)

HONORINE, *voulant lui prendre la brosse.* Donnez, mon oncle.

BALANDIER. Non ! laisse... je me distrais... (*Ironiquement.*) Il y a des rentiers qui s'amusent chez eux à jouer de la flûte... d'autres à instruire des serins ! moi, je m'amuse à brosser mon paletot.

HONORINE. Ce n'est pas très-amusant !

BALANDIER. Tu crois ça! (*De même.*) Je paie des gages, et c'est moi qui les gagne... rien n'est plus amusant ! (*Il continue à brosser.*)

HONORINE, *hésitant.* Dites-moi, mon oncle?

BALANDIER. Ma nièce ?

HONORINE. Vous n'avez pas reçu... de lettre d'Alexis ?

BALANDIER. Pas la moindre.

HONORINE. Tant mieux ! cela prouve qu'il ne tardera pas à revenir.

BALANDIER. (*Il met son paletot.*) Je ne pense pas que Verminois trempe dans ton souhait.

HONORINE. Encore ce M. Verminois !.. Tenez, mon oncle, rien que le nom de cet homme....

BALANDIER. N'en dis pas de mal... Verminois est devenu le favori de ta tante... Elle prétend qu'il lui apprend les belles manières.

HONORINE, *haussant les épaules.* Ah ! oui.

BALANDIER. Le fait est que ma femme a énormément changé !

HONORINE. C'est vrai.

BALANDIER, brossant ses bottes.

AIR de Julie.

Elle a changé sa mise villageoise;
Elle a changé d'humeur et de maison;
Elle a changé son prénom de Françoise,
En Francesca... c'est un plus joli nom !
Elle a changé... Dieu sait ! je lui pardonne !
Mais j' voudrais bien, parmi ces changements-là,
Lui voir changer l'habitude qu'elle a
D' changer tous les trois jours de bonne !

Il met ses bottes.

Nous en avons fait dix-sept... en deux mois !... Enfin... notre nouvelle est ici depuis cinq jours... elle est douce comme une brebis... Francesca paraît se faire à Félicité... je m'en félicite, parce que... quand nous sommes sans bonne...

Mᵐᵉ BALANDIER, *en dehors.* Taisez-vous, sotte ! animale ! dinde que vous êtes !

BALANDIER. Ah! mon Dieu !

FÉLICITÉ, *en dehors.* Mais, madame...

Mᵐᵉ BALANDIER, *en dehors.* Vertuchou !... ne répliquez pas... ou sinon !...

HONORINE. Une querelle !

BALANDIER. Le fait est que cinq jours... c'était beaucoup. !

SCÈNE III.

LES MÊMES, Mᵐᵉ BALANDIER, FÉLICITÉ.*

Mᵐᵉ BALANDIER, *entrant en colère.* (*Peignoir blanc, bonnet de nuit.*) Sortez, mal apprise ! impertinente ! vous ne resterez pas ici une minute de plus... je vous campe à la porte !

BALANDIER, *à part.* V'lan !

FÉLICITÉ. Comme vous voudrez, madame.

BALANDIER. Mais qu'a-t-elle donc fait ?... Cette Normande est douce comme un sucre de pomme !

Mᵐᵉ BALANDIER. Vous la soutenez !...

BALANDIER. Non pas !

Mᵐᵉ BALANDIER. Une godiche qui ne sait pas même me lacer !

BALANDIER, *à part.* L'écueil de toutes nos bonnes !

Mᵐᵉ BALANDIER.

AIR : Ma belle est la belle des belles.

Oui, sa maladresse est extrême !
Et pour me mettre mon corset,
La sotte vient à l'instant même,
De casser trois fois le lacet.

FÉLICITÉ.

Dam ! c'est pas ma faute, madame!

Mᵐᵉ BALANDIER.

C'est donc la mienne ?

FÉLICITÉ.

Non, mais j' dis
Pour lacer les tours Notre-Dame,
Y faudrait une corde à puits.

Elle remonte.

Mᵐᵉ BALANDIER **, *hors d'elle-même, le prenant par son paletot.* Elle m'appelle tour Notre-Dame !... et vous souffrez ça !... (*Elle lui arrache un bouton.*)

BALANDIER. Oh ! tu m'arraches un bouton *** ! Tu as tort, Félicité !... On n'appelle pas une dame tour Notre-Dame.

Mᵐᵉ BALANDIER. Payez-la, payez-la, payez-la !... et que je ne la voie plus.

BALANDIER. Mais tu sais bien que tu as les clefs.

Mᵐᵉ BALANDIER, *les lui donnant.* Les voilà... vous me les rendrez.

BALANDIER. Parbleu! (*Allant au secrétaire.*) Combien te doit-on, ma fille ?

* Honorine, Balandier, Félicité, Mᵐᵉ Balandier.

** Honorine, Balandier, Mᵐᵉ Balandier; Félicité au fond.

*** Honorine, Mᵐᵉ Balandier, Balandier, Félicité.

Mme BALANDIER. Elle est ici depuis cinq jours.

FÉLICITÉ. Mais on paye le mois.

BALANDIER. Je le sais... (A part.) Ça fait dix-huit mois que nous payons depuis deux mois!

Mme BALANDIER. Finirez-vous?

BALANDIER, à Félicité. Voilà... vingt francs. (A part.) Vingt fois dix-huit... trois cents soixante francs... en deux mois! mazette! (Il referme son secrétaire.)

Mme BALANDIER *. Sortez!

FÉLICITÉ. On s'en va, madame, on s'en va!... mais c'est égal, vous devriez être meilleure pour les domestiques, vous qu'avez servi. (Elle sort.)

SCÈNE IV.

Mme BALANDIER, BALANDIER, HONO-
RINE.

Mme BALANDIER. Hein! elle a dit?

BALANDIER. Rien!... Elle n'a rien dit!

Mme BALANDIER. Rendez-moi les clefs.

BALANDIER. Tout de suite, chérie. (Il les lui donne.)

Mme BALANDIER. Nous en voilà débarrassés! Quelle peste que les domestiques.

BALANDIER. Je ne dis pas non... mais, bibiche... comment allons-nous faire aujourd'hui? avec huit personnes invitées?...

HONORINE, étonnée. Huit personnes... et en quel honneur?

BALANDIER. Ta tante va te dire ça *.

Mme BALANDIER. En l'honneur de la signature de ton contrat... qui a lieu ce soir même.

HONORINE, joyeuse. Mon contrat! Alexis est donc arrivé?

BALANDIER, à part. Quiproquo.

Mme BALANDIER. Il n'est plus question d'Alexis, mademoiselle. Celui que vous épousez, c'est notre ami... M. Vertminois.

HONORINE, pleurant. M. Vertminois! ah! mon Dieu! mon Dieu!

BALANDIER, à part. Crac! encore une scène!... je vais aller me faire raser en ville. (Il va pour sortir.)

Mme BALANDIER, le retenant. Restez, Hilarion... vous n'avez pas plus de caractère qu'un lapin de trois jours.

HONORINE. Mais c'est affreux.

Mme BALANDIER. Hein?...

HONORINE. Vous avez donc oublié que le jour de votre mariage avec mon oncle, vous lui avez fait promettre de me marier avec votre neveu?

Mme BALANDIER. C'est possible.

HONORINE, Vous l'avez forcé à mettre M. Vertminois à la porte.

Mme BALANDIER. Nous nous sommes rabibochés.

HONORINE. Nous avons fait partir Alexis pour votre pays, afin d'y prendre ses papiers et l'argent qui lui revient..

Mme BALANDIER. Je sais tout ça!

HONORINE. Et à présent, vous voulez...

Mme BALANDIER. C'est pour ton bonheur.

HONORINE. Mais Alexis en mourra et moi aussi.

BALANDIER. C'est pour ton bonheur.

Mme BALANDIER. Allons, Norine, pas d'enfantillage... nous avons réfléchi... M. Vertminois te convient beaucoup mieux.

HONORINE. Ce n'est pas vrai!

Mme BALANDIER. Je lui dois ma position... car il me l'a dit lui-même, il n'avait amené cette Catherine que pour faire naître une querelle... entre moi et M. Balandier... qui, sans ça, aurait eu encore longtemps l'indignité de me laisser charbonner les doigts... le sans-cœur qu'il est!... nous lui devons notre bonheur, mon bibi!

BALANDIER. Oui, je lui dois... mon bonheur.

Mme BALANDIER. D'ailleurs, c'est un homme comme il faut... pétri d'esprit et de goût... et qui va tous les jours à la Bourse.

BALANDIER. Bah! il va à la Bourse.

HONORINE. Ma bonne tante... Alexis est votre neveu.

Mme BALANDIER. Il l'a été jadis.

HONORINE. Comment!

BALANDIER. Oui!... autrefois!

HONORINE. Mais pourtant...

Mme BALANDIER. Assez causé, mademoiselle, il n'y a plus à reculer... les invitations sont faites... le notaire prévenu... et je n'ai pas trop de toute la journée pour songer à ma grande toilette. Allons, sois gentille, et va me repasser mes manchettes à tuyaux.

HONORINE. Ma tante!

Mme BALANDIER. Tu tuyautes comme un ange!... embrasse-moi et va-t'en. (Honorine sort en pleurant par la première porte à droite.)

SCÈNE V.

BALANDIER, Mme BALANDIER.

Mme BALANDIER, allant à la toilette. Il faut du caractère pour rendre les enfants heureux. (Elle prend un pot de cosmétique et se frotte les mains.)

BALANDIER. Tu crois qu'elle sera heureuse?

* Honorine, Balandier, Mme Balandier, Félicité.
** Balandier, Mme Balandier, Honorine.

* Mme Balandier, Balandier.

Mme BALANDIER. Comme nous, mon bichon.

BALANDIER. Au fait, j'ai vu de ces mariages-là réussir parfaitement. (*Allant près de sa femme.*) Dis-moi, ma bonne?

Mme BALANDIER. Ne m'appelle donc pas ta bonne... on croirait que je la suis encore.

BALANDIER. C'est vrai... tu ne l'es plus... (*A part.*) Bonne!... (*Haut.*) Poupoule!

Mme BALANDIER. A la bonne heure!... mon chat!

BALANDIER. Voudrais-tu me recoudre ce que tu m'as arraché?

Mme BALANDIER. Je t'ai arraché quelque chose?

BALANDIER. Ce bouton tout à l'heure.

Mme BALANDIER. Ah! c'est gentil! vous m'avez épousée pour que je recouse vos boutons?

BALANDIER. Mais ma... (*cherchant le mot*) ma caille! puisque nous n'avons plus de bonne...

Mme BALANDIER. C'est vrai! donne!... Ah! j' peux pas... j'ai les mains barbouillées de colle-crème.

BALANDIER. De...

Mme BALANDIER. De *colle-crème*... c'est une pommade fameuse pour blanchir les mains, que tu n'as pas rougi de me laisser abîmer dix ans.

BALANDIER. Ne parlons pas de ça.

Mme BALANDIER. Ça commence à revenir... elles étaient cramoisies, à présent elles sont violettes.

BALANDIER. Oui, ça revient... (*A part.*) Ça revient cher.

Mme BALANDIER. C'est Vertminois qui me l'a conseillée.

BALANDIER, *à part.* Je m'en doutais... elle me ruine en pommade. (*Haut.*) Et mon bouton?

Mme BALANDIER. Appelle Honorine.

BALANDIER. Non! Bah! je vais le recoudre moi-même... (*ironiquement*) en m'amusant. (*Il va prendre une aiguille et du fil dans la corbeille à ouvrage.*)

Mme BALANDIER. C'est ça, mon bibi... couds! couds!

BALANDIER. Comment coucou!

Mme BALANDIER. Couds ton bouton.

BALANDIER. Ah! bien! Et toi... pommade-toi les mains. (*Il s'assied à droite. — Cherchant à enfiler l'aiguille.*) C'est étonnant comme ça m'amuse!... épousez donc votre cuisinière!

Mme BALANDIER. Dis-moi, mon loup?

BALANDIER. Ma louve?

Mme BALANDIER. T'as-t'y invité ta famille, au moins?...

BALANDIER, *à part.* T'as-t'y! (*Haut.*) Oui, certainement, ma chatte.

Mme BALANDIER. Ils viendront?

BALANDIER. Ils me l'ont promis.

Mme BALANDIER. A la bonne heure... tes parents ont fait les fiérots lors de notre mariage... ils n'ont pas voulu y venir...

BALANDIER. Ils étaient enrhumés.

Mme BALANDIER. Ce n'est pas vrai... mais je veux ce soir les éblouir, les renverser.

BALANDIER. Tu veux renverser mes parents?

Mme BALANDIER. Par mes manières comme il faut... par mes airs distingués... par ma conversation soignée... par ma toilette...

BALANDIER, *l'interrompant.* Oh! doucement, ma femme!

Mme BALANDIER, *se récriant.* Comment?

BALANDIER. Nous dépensons pas mal depuis deux mois.

Mme BALANDIER. Vous me reprochez ma toilette... vous seriez bien aise que votre femme *soit* mise comme une cuisinière.

BALANDIER, *à part.* Hein! comme c'est ça!

Mme BALANDIER. Mais alors c'était pas la peine de m'épouser, indigne que vous êtes!

BALANDIER, *à part.* Troisième scène! (*Haut.*) Je te dis seulement qu'avec trois mille livres de rentes...

Mme BALANDIER, *d'un ton protecteur.* Ne vous inquiétez pas... vous apprendrez bientôt ce que je vaux... En attendant, qu'il vous suffise de savoir que nous pouvons traiter grandement... nos invités...

BALANDIER. Je me fie à toi. Là... j'ai fini! (*Il va replacer l'aiguille à la pelote.*)*

Mme BALANDIER. Ah! mon Dieu! déjà onze heures!... et ma toilette qui n'est pas commencée!...

BALANDIER. Et les provisions pour ce soir?

Mme BALANDIER, *le câlinant.* Oh! t'as raison! Dis donc, mon minet?

BALANDIER. Quoi?

Mme BALANDIER. Si tu étais bien gentil...

BALANDIER. Hein?...

Mme BALANDIER. En te promenant... tu irais... jusqu'au marché...

BALANDIER. Moi!... aller au... par exemple!

Mme BALANDIER. Tu ne fais pas assez d'exercice, et je t'assure qu'il y a des messieurs très-bien...

BALANDIER. Qui vont au marché?... oui, des ambassadeurs, des conseillers d'état.

* Balandier, Mme Balandier.

Mme BALANDIER. Tu vois bien que je n'ai pas le temps... et puis, tu ne voudrais pas qu'on prenne ta petite poupoule pour ta domestique... ça t'humilierait.

BALANDIER. Mais ça m'humilie bien davantage de...

Mme BALANDIER, câlinement. Non! non! et je t'appellerai mon loup. Tu sais bien que tu es content quand je t'appelle mon loup.

BALANDIER. Je ne dis pas... mais sacrebleu !...

Mme BALANDIER, prenant de l'argent dans sa poche. Tiens, voici de l'argent... et je vais te chercher tes paniers. (Elle les prend dans la porte de la cuisine, premier plan à droite.)

BALANDIER, piteusement, à part. Des paniers ! De quoi vais-je avoir l'air ?

Mme BALANDIER, lui passant les paniers aux bras.* Là ! marchande bien... ne te fais pas attraper... et surtout n'oublie pas de nous ramener une cuisinière.

BALANDIER. Une cuisinière... veux-tu que je la pêche ?

Mme BALANDIER. Chez l'épicier... les épiciers tiennent de tout. Va, mon bichon, va... tu es gentil tout plein. (Elle lui tapotte les joues.)

BALANDIER, se regardant, à part. Je ne sais pas si je suis gentil... mais je suis vexé... heureusement le marché Saint-Joseph est à deux pas.

ENSEMBLE.

Air : Oui, dans votre zèle. (Cascades de Saint-Cloud.)

Mme BALANDIER.

Va vite, mon p'tit homme,
Cours vite au marché,
Et sois économe,
N' sois pas écorché.

BALANDIER.

C'est goi pour un homme,
D'aller au marché,
Comme une bête de somme,
De s' voir harnaché.

Il sort par le fond.

Mme BALANDIER. Ferme la porte. (Il ferme la porte et disparaît.)

SCÈNE VI.

Mme BALANDIER, seule.

Ce cher Hilarion !... il est bon tout de même... et je veux l'en récompenser en éclipsant ce soir les femmes les plus cossues de notre société. (Elle s'assied devant sa toilette.) S'agit d'abord de se coiffer artistement... c'est pas facile de se bichonner toute seule... décidément je prendrai une femme

* Mme Balandier, Balandier.

de chambre pour me coiffer... Vertminois m'a dit que c'était très-bon genre.

SCÈNE VII.

Mme BALANDIER, ALEXIS.

ALEXIS, entrant par le fond, joyeusement. Bonjour, ma tante.

Mme BALANDIER. Alexis! (A part.) Quelle bombe !

ALEXIS, joyeusement. Vous vous êtes bien portée ?... bon ! et mademoiselle Honorine aussi ?... bon ! et votre mari ?... je viens de l'apercevoir de loin, rue Montmartre, avec des paniers.

Mme BALANDIER. C'est une promenade de santé.

ALEXIS. Avec des paniers ?

Mme BALANDIER. Le médecin lui a ordonné.

ALEXIS. De se promener avec des paniers? en v'là une drôle de médecine !... Enfin, me voici de retour du pays !... avec les actes, les paperasses... et mon argent. (Il les montre.)

Mme BALANDIER, à part. Ma foi ! puisqu'il est là... (Haut.) Dis donc, petit, veux-tu me coiffer ?

ALEXIS. Volontiers, chère tante... quoique j'aie renoncé au métier... je vous dirai ça... Est-ce que vous avez du monde ?

Mme BALANDIER. Oui, oui, quelques personnes... mets-moi vite mes papillotes... (A part.) Si Vertminois arrivait! (Elle lui donne du papier et des ciseaux.)

ALEXIS, coupant du papier pour les papillotes. Mais où est donc mademoiselle Honorine ?

Mme BALANDIER. Laisse-la... elle me tuyaute des manchettes.

ALEXIS. Ah ! (Il lui met des papillotes.) Voyez-vous, tante, avec mes six mille francs je vais acheter un fonds de parfumeur... je renonce à l'art du perruquier... je n'ai pas de vocation, décidément... et puis, parfumeuse, c'est plus gentil pour Honorine... elle sera là au milieu de la rose, de la violette et du jasmin... comme avec ses frères et sœurs, pas vrai?

Mme BALANDIER. Oui, oui, papillote-moi.

ALEXIS, se plaçant derrière le fauteuil et la coiffant.* Je vous papillote... mais quelle chance pour nous que monsieur Balandier vous ait épousée... et que vous ayez campé cet abominable Vertminois à la porte !

SCÈNE VIII.

LES MÊMES, VERTMINOIS.

VERTMINOIS, entrant. Très-humbles civi-

* Alexis, Mme Balandier.

lités à la brillante étoile de la rue du Croissant.

Mme BALANDIER, *à part*. Ah! diable!

ALEXIS, *à part*. Le Vertminois!

Mme BALANDIER. Coiffe-moi.

ALEXIS, *bas*. Comment! il ose revenir!

VERTMINOIS, *qui est allé poser son chapeau*. La belle Francesca permettra-t-elle à son fidèle chevalier d'assister à sa toilette... comme faisait jadis la divine Pompadour?

ALEXIS, *étonné*. Hein!

Mme BALANDIER, *à part, flattée*. Il me compare à la Pompadour! (*Haut.*) Comment donc, si je vous le permets, cher ami!

ALEXIS, *à part*. Cher ami!

VERTMINOIS, *le lorgnant*. Eh! mais, je ne me trompe pas... c'est le jeune écorcheur du boulevard du Temple!

ALEXIS, *allant à lui*.* Monsieur, je suis le neveu de ma tante...

VERTMINOIS, *raillant*. Bah!

Mme BALANDIER. Coiffe-moi.

ALEXIS. Et j'arrive du pays pour...

Mme BALANDIER, *se levant*. Tais-toi.**

VERTMINOIS. Pour...

Mme BALANDIER. Pour m'apporter la succession de ma tante Chippotard.

VERTMINOIS. Ça se trouve bien!.. j'espère que monsieur me fera l'honneur d'assister ce soir...

ALEXIS. A quoi?

Mme BALANDIER, *vivement*. A rien... (*Bas à Vertminois.*) Pas un mot... il ne sait rien... ça ferait du grabuge. (*Elle se rassied.*)

ALEXIS. Ah ça, mais...

VERTMINOIS. Allons, allons, petit... faites vos papillotes. (*Il le lorgne.*)

ALEXIS. Je les ferai si je veux! (*A part.*) il m'agace avec sa vitre.

Mme BALANDIER. Mais, animal! tu me tires les cheveux, comme si c'était la queue du diable!

VERTMINOIS, *à Madame Balandier*. Ah! ah! ah! ah!.. Vous avez de l'esprit comme un ange!

ALEXIS. Ma tante a de l'esprit!

Mme BALANDIER. Oui! j'en ai!

ALEXIS, *haussant les épaules*. Je vais chercher le fer à papillotes. (*Il sort à gauche, premier plan.*)

Mme BALANDIER, *regardant Verminois*. Mais que vous êtes donc bien couvert, cher ami!

VERTMINOIS. Vous trouvez? je me suis fait

habiller de la tête aux pieds... Ah! à propos, j'ai dit qu'on vous présentât la facture... Figurez-vous que mon diable de notaire...

Mme BALANDIER. Il est toujours à la campagne?

VERTMINOIS. Toujours!

Mme BALANDIER. C'est bien, c'est bien! je paierai... Mais à propos, Vertminois, vous ne me dites rien de notre grande affaire de Bourse. (*Alexis revient et écoute derrière eux.*)

VERTMINOIS. Notre agent de change a nos 20,000 f.; je vais lui donner l'ordre d'acheter.

ALEXIS. Qu'est-ce que j'entends? (*Repoussant Vertminois*).* Comment! ma tante, vous jouez à la Bourse?

VERTMINOIS. Ah! mais!...

Mme BALANDIER. Tous les gens cossus y jouent!

ALEXIS. Et M. Balandier sait ça?

VERTMINOIS. Ah ça, mais...

Mme BALANDIER. Du tout... ça ne le regarde pas... c'est moi qui *se* charge de faire valoir notre avoir... et grâce aux conseils de monsieur qui s'y entend... j'espère avant peu doubler, tripler notre fortune... et donner un équipage à M. Balandier!.. O Dieu! un équipage!..

ALEXIS. Mais vous battez complétement la breloque.

Mme BALANDIER. Insolent! (*Elle se rassied à sa toilette et Alexis achève de la coiffer.*)

VERTMINOIS. Voilà qui passe toutes les bornes!..

Mme BALANDIER. Allez, mon cher ami... allez donner nos ordres à notre *argent* de change!

VERTMINOIS. J'y vole! (*A part.*) Et avec la moitié qui me revient dans les bénéfices, je figure honorablement dans le contrat de ce soir... (*Haut.*) A bientôt, belle Francesca; veuillez m'excuser auprès de ma charmante fiancée!..

Mme BALANDIER, *vivement à Vertminois*. Maladroit.

ALEXIS, *vivement*. Sa fiancée!... qui ça! qui ça?... sa fiancée?

Mme BALANDIER. Personne!

VERTMINOIS. Eh! parbleu! mon cher... inutile de vous tenir plus longtemps le bec dans l'eau. Oui, ma fiancée, Mlle Honorine Balandier, que j'épouse ce soir.

ALEXIS, *jetant un cri*. Ah!

Mme BALANDIER. Malheureux! tu m'arraches les cheveux!

ALEXIS, *tenant les cheveux*. Ah! mon Dieu! mon Dieu! mon Dieu!

* Mme Balandier, Alexis, Vertminois.
** Alexis, Mme Balandier, Vertminois.

* Mme Balandier, Alexis, Vertminois.
** Alexis, Mme Balandier assise, Vertminois.

Mme BALANDIER, *les lui arrachant*. Brigand! veux-tu lâcher ma queue!

ENSEMBLE.

AIR : *J'étouffe de fureur*. (Rue de l'Homme Armé.)

Mme BALANDIER.

Ah ! vraiment c'est affreux,
Ce petit malheureux
Parc' qu'il est furieux,
M'arrache les cheveux !
    Le gueux
    M'arrach' les cheveux !

ALEXIS.

Ah ! vraiment, c'est affreux,
Pour un cœur amoureux,
Dans ma douleur je veux
M'arracher les cheveux,
    Je veux
    M'arracher les cheveux.

VERTMINOIS.

Ses transports furieux
Sont vraiment curieux.
Ce petit amoureux
M'amuse on ne peut mieux.
    Le gueux
    M'amuse on ne peut mieux.

Mme Balandier entre dans sa chambre.

SCÈNE IX.

VERTMINOIS, ALEXIS, HONORINE.

HONORINE, *sortant de la cuisine et tenant les manchettes*. Quel est ce bruit?... Alexis!

ALEXIS. Honorine! oh! mamzelle! (*Il l'embrasse*).

VERTMINOIS. Eh bien ! il embrasse ma future ! à mon nez !

ALEXIS. Oui, je l'embrasse ! oui, et ça ne s'arrêtera pas là !

VERTMINOIS. Par exemple !

HONORINE, *à Alexis*. Prenez garde !.. vous abîmez les manchettes de ma tante.

ALEXIS. Ses manchettes tuyautées !.. mais je m'en moque horriblement d'abîmer ses tuyautages !... quand elle vient de m'abîmer le cœur.

HONORINE. Vous savez ?

ALEXIS. C'est donc vrai?... et vous vous laissez sacrifier comme un mouton de deux jours... vous vous laissez traîner la corde au cou !

HONORINE, *pleurant*. Que puis-je faire, mon Dieu !

VERTMINOIS. Mademoiselle est trop bien élevée !

ALEXIS. Taisez-vous !... Vert... de gris !...

HONORINE. Il paraît que mon oncle m'abandonne aussi... tout le monde nous abandonne.

ALEXIS. L'univers t'abandonne !... comme Richard Cœur-de-lion !... Eh bien! (*Il fait un geste de désespoir. — On sonne dans la chambre de Mme Balandier.*) Qu'est-ce qui cloche?...

HONORINE. C'est ma tante qui m'appelle pour ses manchettes.

ALEXIS. Elle vous cloche !... comme une femme de chambre !... n'y allez pas !

HONORINE. Mais elle se fâcherait!... Oh ! calmez-vous, Alexis, calmez-vous! (*Elle entre chez sa tante.*)

ALEXIS, *la suivant*. Honorine!

VERTMINOIS, *à part*. Il est endiablé !

SCÈNE X.

ALEXIS, VERTMINOIS.

ALEXIS, *avec une colère contenue*. Mais vous m'avez détérioré ma tante, vous...

VERTMINOIS, *allant pour sortir*. Allons, mon petit... adieu ! soyons sage !

ALEXIS, *lui barrant la porte*. Ah! bah! vous croyez que je vais vous laisser sortir ?...

VERTMINOIS. Mais je l'espère bien...

ALEXIS. Ah ! mais non... nous allons nous flanquer d'abord un affreux coup de peigne!

VERTMINOIS. Je ne suis pas coiffeur !

ALEXIS. Moi, je le suis ! Ah! vous me filoutez Honorine, et par-dessus le marché, vous voulez ruiner ma tante !...

VERTMINOIS. Au contraire !

ALEXIS. Mais je l'aime, ma tante, tout haïssable qu'elle est ! Mais j'aime M. Balandier.. j'aime leur argent, et je ne veux pas que vous démolissiez leur fortune.

VERTMINOIS. Rassurez-vous, mon bon.... je veux la tripler.

ALEXIS. Ce n'est pas vrai! J'ai fourni deux ans des faux toupets à un vieux brave homme d'agent de change... et je lui ai entendu dire vingt fois que tous les joueurs à la Bourse finissaient sur la paille !

VERTMINOIS. Il n'y a que les imbéciles qui perdent. *

ALEXIS. C'est pour ça que vous ne gagnerez pas.

VERTMINOIS. Hein ! plaît-il ?

ALEXIS, *retroussant ses manches*. C'est pour ça que je veux vous estropier, pour vous empêcher d'y aller.

VERTMINOIS, *reculant pas à pas devant Alexis qui le menace*. Ne vous y frottez pas, mon petit... (*Il lève sa canne et atteint Balandier qui entre par le fond, chargé de ses deux paniers remplis de provisions.*)

---

* Alexis, Vertminois.

SCÈNE XI.

LES MÊMES, BALANDIER.

BALANDIER. * Oh! sapristi!.. Faites donc attention, animal!

ALEXIS et VERTMINOIS. M. Balandier!

BALANDIER, les reconnaissant. Vertminois, Alexis!... (A Vertminois.) Oh! pardon, Vertminois, ce n'est pas à vous que j'ai dit animal! c'est à lui!..

VERTMINOIS. Je l'avais compris!

ALEXIS, à part. Ça m'est égal!

VERTMINOIS, montrant les paniers que porte Balandier. Mais, quel attirail!

BALANDIER, confus. Ce n'est rien.

ALEXIS, avec compassion. Votre promenade de santé... je saisis...

BALANDIER, brusquement. Laisse-moi en paix... toi... (Il va pour poser ses paniers sur le guéridon de droite, une carotte tombe d'un de ses paniers.**)

VERTMINOIS, à Balandier. Ah! prenez garde... cher ami, vous perdez une carotte... (Il la ramasse et la lui présente gracieusement.)

BALANDIER, amèrement. Merci!

ALEXIS, à Vertminois. Il vaut mieux en perdre que d'en tirer... (Il le pousse.)

VERTMINOIS, le menaçant. Petit!

BALANDIER. Qu'est-ce?

VERTMINOIS. Ce jeune merlan, qui devient féroce comme un tigre... Je vous invite à le museler... Adieu, cher... Désolé de vous quitter sitôt... A bientôt... à ce soir!

BALANDIER. A ce soir... cher! (Vertminois sort précipitamment, en évitant Alexis, qui veut lui barrer la porte.)

SCÈNE XII.

ALEXIS, BALANDIER.

ALEXIS, à part. Il file! je le repincerai tout à l'heure!

BALANDIER, à part, frappant avec dépit sur les paniers. Oh! je rage... je suis affreusement humilié... J'ai rencontré en chemin plus de douze personnes de connaissance!... sans parler de... (S'essuyant les joues.) Je dois sentir le poisson!...

ALEXIS. Mon pauvre monsieur Balandier!

BALANDIER, brusquement. Qu'est-ce que tu me veux, toi?.. Pourquoi n'es-tu pas resté au pays? que viens-tu faire ici?..

ALEXIS. Ce que?...

BALANDIER, l'interrompant. Encore des scènes!.. j'en ai assez!.. je n'en veux plus, va-t'en!

* Alexis, Balandier, Vertminois.
** Alexis, Verminois, Balandier.

ALEXIS. Vous m'aviez promis votre nièce!

BALANDIER. Je te la dépromets.

ALEXIS. Mais ce Vertminois est une canaille!

BALANDIER. J'aime les canailles.

ALEXIS. Il vous ruine.

BALANDIER. Mes moyens me le permettent...

ALEXIS. Mais vous ne savez pas...

BALANDIER. Je ne veux rien savoir... va te coucher... (A part, retournant près des paniers.) C'est vrai, c'est à vieillir de dix ans par minute, une vie comme celle-là...

ALEXIS, découragé, à part. Le brigand m'a aussi dévasté mon oncle!... Pas le plus petit espoir! Qu'est-ce que je vais faire de mes 6,000 francs, à présent?.. Je n'en veux plus... je vais les jeter à l'eau!... Non... mieux que ça... la Bourse! c'est moins loin... Mon agent de change aux faux toupets doit y être... je vais le prier... le supplier de me les perdre... jusqu'au dernier sou, et après... (Prenant son chapeau...)

AIR : Venez, ma chère. (Poule aux œufs d'or.)

Adieu, j' vous laisse!
Adieu, ma tante, adieu, vot' nièce!
BALANDIER.
Adieu, bonsoir,
Au plaisir de n' pas te revoir.
ALEXIS.
Pour remplir vos tendres souhaits,
A l'instant j' prends ma course.
BALANDIER.
Va-t'en au diable!
ALEXIS.
Oui, j'y vais,
Car je vais à la Bourse.
ENSEMBLE,
Adieu, j' vous laisse,
Adieu, ma tante, adieu, vot' nièce.
Adieu, bonsoir,
Je ne vous dis pas au revoir.
BALANDIER.
Avec vitesse,
Allons, mon cher, file et me laisse!
Adieu, bonsoir,
Au plaisir de n' pas te revoir.

Alexis sort.

SCÈNE XIII.

BALANDIER, puis Mme BALANDIER.

BALANDIER, seul. A la Bourse, un élève en coiffure! Au fait, je m'en moque comme de l'an 50. (Appelant à droite.) Madame Balandier! (A part.) Ces aliments ne peuvent pas rester là pour orner le salon. (Appelant.) Francesca, ma femme... (A part.) Je voudrais que cette signature de contrat fût à tous les...

M^{mr} BALANDIER, *sortant de sa chambre en grande toilette ridicule ; elle est en train de mettre ses gants et parle à la cantonade.* En v'là assez, ma nièce... Habillez-vous... au nom de l'autorité *tanternelle.*

BALANDIER, *à part.* Quelle toilette !

Mme BALANDIER, *se pavanant.* Ah ! c'est vous, mon époux !... Eh bien, comment me trouvez-vous ?..

BALANDIER. Ebouriffante !

Mme BALANDIER, *flattée.* Eblouissante !

BALANDIER. J'ai dit ébouriffante !

M^{mr} BALANDIER. Mais que me vouliez-vous, mon bon ? Pourquoi m'avez-vous appelée pendant que je mettais mes gants jaunes serins ?*

BALANDIER. Eh mais, parbleu, pour te dire que les provisions pour le dîner sont là... *(Il prend les paniers et les lui montre.)*

Mme BALANDIER. Ah ! très-bien ! as-tu bien acheté ?...

BALANDIER. J'ai fait de mon mieux.

Mme BALANDIER, *soulevant le couvercle d'un des paniers.* Un vieux coq ! ..

BALANDIER. On me l'a vendu pour un chapon !

Mme BALANDIER, *prenant un œuf qu'elle regarde au jour.* Des œufs qui ont le poulet !..

BALANDIER. OEufs du jour, frais pondus !

Mme BALANDIER. Je vous dis qu'ils ont le poulet.

BALANDIER, *avec humeur.* Eh bien, nous les mettrons à la broche, les œufs.

Mme BALANDIER. Et vous me rapportez ?...

BALANDIER. Ma foi, les vingt-cinq francs y ont passé, et je redois quinze sous au fruitier. *(Il va replacer les paniers sur le guéridon.)*

Mme BALANDIER. Mais c'est affreux !

BALANDIER, *à part.* Elle me gronde encore...

Mme BALANDIER. Vous n'avez donc pas marchandé ?

BALANDIER. Si fait, une foi... mais ça ne m'a pas réussi. — J'aperçois deux jolies soles sur un éventaire... L'idée me prend de les négocier... — Combien ces deux animaux ? dis-je à la marchande. — Tout au juste, et parce que c'est vous, mon ange ! (Elle m'appelle son ange !..) ce sera six francs. — Peste ! c'est salé, je vous en donne trente sous... — Trente sous ! s'écrie cette mégère d'une voix glapissante, va donc manger des queues de chou, vieux grigou, vieux sapajou !!! — Madame, répondis-je avec calme, vous vous servez là d'expressions fort inconvenues.

* Mme Balandier, Balandier.

grues. — Ah ! tu m'appelles *grue !* riposte la furie... et là-dessus el e saisit une de ses soles par la queue, et m'en applique deux soufflets sur chaque joue, aux grands applaudissements de la foule rassemblée.

Mme BALANDIER. Ah ! je vous l'aurais joliment saboulée !

BALANDIER. Oui, toi !... Mais moi, j'ai mieux aimé filer. — Je suis sûr que je sens le poisson !

Mme BALANDIER. C'est égal ! tout ça est horriblement cher... *(Avec méfiance.)* Hilarion, est-ce que, par hasard, vous auriez fait danser l'anse du panier ?..

BALANDIER, *stupéfait.* Moi !.. *(A part.)* Moi, faire danser l'anse de mon propre panier !..

Mme BALANDIER. Nous recauserons de ça... Ah ça, mais... et cette cuisinière que vous deviez me ramener ?

BALANDIER. Oh ! ouiche ! pas une bonne ne veut servir chez nous... Les dix-huit que tu as renvoyées nous ont posés dans le quartier !

Mme BALANDIER. Ah ! Et sur qui que vous avez compté, s'il vous plaît, pour faire le dîner ?...

BALANDIER. Mais dam !..

Mme BALANDIER. Achevez, dites-le... sur moi, peut-être... sur votre épouse... sur celle qui porte votre nom ?..

BALANDIER, *entre ses dents.* Mais il me semble que je le porte aussi, mon nom... et je vais bien au marché !

Mme BALANDIER. Ah ! ciel de Dieu ! faire la cuisine, moi, en robe de satin, en gants beurre frais ! moi, fricoter pour vos pies-grièches de parentes !

BALANDIER, *à part.* V'lan ! encore une scène !

Mme BALANDIER. C'est donc pour ça que vous m'avez épousée ? Mais c'est une horreur ! vous êtes un monstre ! mais je vais plaider en séparation !

BALANDIER, *à part, avec rage.* S'il n'y a pas de quoi... *(Haut.)* Trouve donc un moyen !...

Mme BALANDIER, *avec colère.* Un moyen !.. Il y en a un, simple comme bonjour... mais vous ne m'aimez pas assez pour l'avoir trouvé, tyran !

BALANDIER. Si fait... dis vite.

Mme BALANDIER. Eh bien, mais... c'est de faire venir le dîner du restaurant, c'est encore plus cossu !

BALANDIER. C'est plus cossu, mais c'est plus cher...

Mme BALANDIER, *avec dédain.* Mon Dieu, que vous êtes *petites gens*, mon bon !

BALANDIER, *étonné.* Je suis *petites gens* !

Mme BALANDIER, *avec impatience.* Apprenez que vous avez une femme d'esprit et de tête !

BALANDIER. Oui.

Mme BALANDIER. Qui s'est chargée de la *malibulation* de votre fortune !

BALANDIER. Oui, tu as les clefs !

Mme BALANDIER. Et qu'en ce moment peut-être, grâce à elle et à un ami dévoué, au lieu de 3.000 livres de rente, vous en possédez 6,000 !

BALANDIER, *étonné.* Comment !

Mme BALANDIER. Silence, j'entends monter... c'est notre monde.

BALANDIER. Nos invités ! cachons les paniers ! (*Il les met sous la table.*)

Mme BALANDIER. C'est là que tu vas voir, mon chéri, si je te fais t'honneur !

BALANDIER, *se boutonnant.* Et moi qui ne suis rasé, ni habillé ! je suis mis comme un donneur d'eau bénite !

SCÈNE XIV.

LES MÊMES, LES INVITÉS.

CHOEUR.

Air : *Clochettes de la Pagode.* (Poule aux œufs d'or, tableau 19.)

Fidèles à votr' / notr' promesse,

Chers parents, accourez / nous venons tous

Signer l' contrat d' votre / notre nièce

Et de son futur époux.

BALANDIER, *saluant.* Mes chers parents, permettez-moi de vous présenter Mme Francesca Balandier, ma chère épouse !

Mme BALANDIER, *faisant des révérences.* Messieurs mes cousins, mesdames mes cousines, monsieur le notaire, enchantée, enchantée ! (*Étonnement des convives. Bas à son mari.*) Hein, c'est-il bon genre, ça ?..

BALANDIER, *bas.* Assez ! assez !

PREMIER CONVIVE. Mais nous ne voyons pas la jeune fiancée, notre cousine Honorine ?

Mme BALANDIER. Elle met ses bas à jour ! On met toujours des bas à jour pour signer un contrat... (*A Balandier.*) Allez la prévenir, mon bichon.

LES CONVIVES, *riant bas.* Son bichon !

BALANDIER, *bas.* Ne m'appelle donc pas ton bichon devant le monde !

Mme BALANDIER. Allez, mon canard !

TOUS, *de même.* Oh !

Mme BALANDIER, *bas.* Et courez au restaurant ! (*Haut.*) Messieurs, mesdames, en attendant qu'on serve la soupe, ayez l'honneur de passer dans notre salon de compagnie.

CHOEUR.

Même Air.

LES INVITÉS.

Par ses grands airs de duchesse,
Elle nous éblouit tous !
Et pourtant cette princesse
Fit jadis la soupe aux choux !

Mme BALANDIER.

Par mes grands airs de duchesse,
Oui, je les éblouis tous !
Et tout comme une princesse,
J' fais honneur à mon époux.

BALANDIER.

Par ses grands airs de duchesse,
Elle les éblouit tous.
Par malheur cette princesse
Sent encor la soupe aux choux !

Elle fait de grandes manières pour les inviter à passer devant elle ; puis, prend le devant et passe la première. Les convives la suivent en se moquant à part, dans le salon à gauche, deuxième plan.

SCÈNE XV.

BALANDIER, *seul.*

Au restaurant ! encore une centaine... de francs de dépense. Eh bien ! non, non. Ah ! tu chasses tes servantes, et tu ne veux pas faire la cuisine !. Eh bien ! je la ferai, moi... Oui, je la ferai. Je me suis marié pour être bien servi, je boirai le calice jusqu'à la lie ! Et eux, ils mangeront... Ma foi ! je ne sais pas trop ce qu'ils mangeront... Mais, si c'est mauvais, tant pis, tant mieux... Je m'en moque ! (*Il casse des œufs dans un saladier sur le guéridon.*) Débutons par l'omelette. Elle avait raison... le poulet s'y trouve. (*Les battant avec rage.*) Tant pis, je m'en bats l'œil, battons les œufs...

SCÈNE XVI.

BALANDIER, HONORINE, *puis* ALEXIS.

HONORINE, *sortant de sa chambre à droite ; elle est en toilette.* * Mon oncle... Mais que faites-vous là ?

BALANDIER. Une omelette aux petits poulets. Va dans le salon ; on t'attend !

HONORINE. Comment ! vous, mon oncle !

ALEXIS, *au fond, à part.* C'est fait ; dans une heure j'aurai la réponse.

HONORINE. Alexis !

BALANDIER. L'autre, à présent !

_____
* Honorine, Balandier.

ALEXIS. Vous battez des œufs, je m'y attendais. Ça ne m'étonne pas !

BALANDIER. Mes enfants, au nom du ciel, ne venez pas me tracasser... je suis dans mon coup de feu !

ALEXIS. Je ne viens pas vous tracasser ; je viens vous faire mes adieux !

HONORINE. Vos adieux !

ALEXIS, *à Balandier.* Et à Honorine aussi ! (*Il l'embrasse* *.)

BALANDIER. Eh bien ?

ALEXIS. Je lui fais mes adieux ! (*Même jeu.*)

HONORINE. Vous partez, Alexis ?

ALEXIS. Pour un pays très-humide... (*à part*) situé sous le pont des Arts ! (*Haut.*) J'attends pour ça d'être tout à fait à sec... Ça ne sera pas long... on est en train...

HONORINE, *inquiète.* Qu'est-ce qu'il dit ? Oh ! mon oncle, regardez-le, il est tout renversé ! (*Elle lui touche le bras.*)

BALANDIER. Malheureuse, c'est toi qui renverses mon omelette**...

ALEXIS, *exaspéré, lui prenant le saladier qu'il va poser sur le guéridon.* Mais, laissez donc ça, vous ! Ça m'agace de vous voir faire la cuisine.

BALANDIER. Alexis !

ALEXIS, *avec force.* Non... que ma tante me transperce le cœur, à moi... Je le lui passe, elle ne me doit rien. Mais, qu'elle vous fasse faire la pot-bouille, à vous, qui l'avez élevée du niveau de ses fourneaux...

HONORINE. Oh ! c'est vrai, c'est bien mal !

BALANDIER. Je vous assure que ce n'est pas elle, c'est moi pour me divertir !

ALEXIS. Ça n'est pas vrai ! Vous dites ça par bonté de cœur, pour ne pas lui donner tort ; mais moi je n'ai plus rien à ménager. Je veux... avant de partir, lui vider son sac, à ma tante. Où est-elle ?

BALANDIER, *le retenant.* Dans le salon... avec du monde...

ALEXIS. Du monde... Tant mieux ! (*Il va vers le salon.*)

BALANDIER, *le retenant***.* Arrête ; pas de scandale ; tu compromettrais le reste de ma vie... Quand on est marié, c'est pour toujours...

ALEXIS, *s'arrêtant.* Ah ! oui, pour toujours..... comme dans le paradis..... ou ailleurs... à perpétuité ! Vous êtes ailleurs, vous !

HONORINE. Mon pauvre oncle !

* Alexis, Honorine, Balandier.
** Balandier, Alexis, Honorine.
*** Alexis, Balandier, Honorine.

BALANDIER, *attendri.* Braves enfants ! vous m'aimez bien, vous autres !

TOUS DEUX. Oh ! oui, mon oncle !

ALEXIS. Et nous vous respectons ! Et, tenez, il me reste encore un peu de temps... nous vous aiderons !

HONORINE. C'est cela !

BALANDIER. Oh ! non...

ALEXIS. Oh ! si... Il ne sera pas dit que vous aurez mis seul la main à la pâte ! Nous ratatouillerons ensemble !

HONORINE. Oui, tous les trois !

BALANDIER. Mais, ta belle robe ?

HONORINE. N'ayez pas peur !

BALANDIER, *à part, attendri.* Ils sont gentils, pourtant ! (*Haut.*) Eh bien ! venez aider mon inexpérience.

ALEXIS. C'est ça ! Honorine ratissera ; je soufflerai le feu, et vous tiendrez la queue de la poêle.

BALANDIER, *à part.* Tout le monde ratatouillera à la maison, excepté... Épousez donc votre cuisinière !

ENSEMBLE.

AIR : *Sois sage.* (Marraines de l'An Trois.)

Il semble
Qu'ensemble,
Sans trop de chagrin,
Nous mettrons en train
Ce maudit festin.
La peine
Qui gêne
Un cœur aux abois,
S'affaiblit, je crois,
Quand on la partage à trois.

Honorine prend le saladier, Alexis un panier et Balandier l'autre. Ils entrent à la cuisine.

SCÈNE XVII.

VERTMINOIS, *entrant vivement par le fond.*

Francesca ! madame Balandier ? Où est-elle ? Il faut que je lui parle, que je l'informe sans retard ! Ah ! dans sa chambre, sans doute, en train de se parer pour mes fiançailles ! Mais puis-je me permettre..... Oh ! ma foi ! dans une semblable circonstance ! (*Il entre dans la chambre.*)

SCÈNE XVIII.

Mᵐᵉ BALANDIER ET LES INVITÉS.

Mᵐᵉ BALANDIER. Suivez-moi toujours, messieurs, mesdames... je vais maintenant vous montrer mon boudoir... Toutes les femmes comme il faut ont un boudoir... et j'en ai un...

SCÈNE XIX.

LES MÊMES, BALANDIER ; puis ALEXIS, HONORINE. (*Tous trois en tablier de cuisine; Balandier et Alexis ont de plus un bonnet de coton; Balandier tient une broche à la main.*)

BALANDIER *. Ma femme... dis-moi, un chapon s'embroche-t-il par la tête ou par le croupion ?...

TOUS. Monsieur Balandier ! (*Alexis et Honorine entrent.***)

Mme BALANDIER. Comment, mon bibi, toi en gâte-sauces !

PREMIER INVITÉ. Mademoiselle Honorine en tablier de cuisine !

ALEXIS. Et moi, en bonnet de coton, moi, votre neveu !

ENSEMBLE.

Air de M. Oray.

Quelle aventure bizarre!
Eh ! quoi, c'est Balandier,
Qui dans ce jour se pare
Du tablier
De cuisinier !

BALANDIER, *à part.* Si ça pouvait lui donner une leçon !

Mme BALANDIER. Mais quelle lubie, mon chéri ! car je vous prie de croire, mes chers parents, que c'est une lubie... (*A son Mari, en lui arrachant son tablier.*) Veux-tu bien m'ôter ça, tout de suite ?... Pourquoi vas-tu t'ingérer, mon loup, de faire la cuisine ?...

BALANDIER. Pourquoi ?... pour remplacer les dix-huit bonnes que vous avez chassées, madame...

Mme BALANDIER. Mais, je t'avais dit...

BALANDIER. Et pour économiser une dépense inutile !

Mme BALANDIER. Mais je te répète que nous sommes riches, que dans ce moment, Vertminois...

VERTMINOIS, *sortant de la chambre.* Personne !... (*La voyant.*) Ah !!!

Mme BALANDIER, *le voyant entrer.* Tiens, le voici... Il t'apporte 6000 livres de rente...

TOUS. 6000 livres !

SCÈNE XX.

LES MÊMES VERTMINOIS.

VERTMINOIS, *il est pâle et très-agité; il*

* Mme Balandier, Vertminois, Ballandier, Honorine, Alexis, les Invités au fond.
** Verminois, Mme Balandier, Alexis, Ballandier, Honorine, les Invités au fond.

va droit à Mme *Balandier, et lui dit bas :* Francesca, il faut que je vous parle en particulier !

Mme BALANDIER. Il n'y a pas de particulier ici, nous sommes en famille, plus de secret, v'là l' moment de faire voir à mon époux et à ses parents ce que vaut une femme de tête... Parlez... notre grande opération de Bourse...

TOUS. Ah ! mon Dieu !!!

BALANDIER, *effrayé.* Tu jouais à la Bourse !

Mme BALANDIER. Tais-toi, tu vas voir... (*A Vertminois.*) Mais parlez donc ! vous êtes blanc comme le dedans d'un radis noir...

VERTMINOIS. Eh bien ! ma chère dame, notre grande opération est en pleine déconfiture !

Mme BALANDIER, *qui ne comprend pas.* Vous avez opéré sur des confitures !!!

VERTMINOIS. Je vous dis que nous sommes complétement coulés.

ALEXIS. L'ai-je dit ?

Mme BALANDIER. Comment, malheureux, vous m'avez perdu vingt mille francs ?...

BALANDIER. Vingt mille francs, et nos dépenses depuis deux mois, nous sommes ruinés !... (*Il tombe assis dans un fauteuil.*)

Mme BALANDIER, *courant à lui.* * Hilarion!

ALEXIS, *tenant la broche.* Mon bon oncle! ma bonne tante ! (*A part.*) Oh ! si j'avais là mes six mille !... pourvu qu'il soit encore temps ! (*Poussant Vertminois.*) Laissez-moi donc passer, vous !...

VERTMINOIS. Jeune homme !

ALEXIS. Il n'y a que les imbéciles qui perdent, vous deviez vous méfier. (*Il sort.*)

VERTMINOIS, *vexé.* Hein ?...

SCÈNE XXI.

LES MÊMES, *moins* ALEXIS.

BALANDIER, *accablé.* Vingt mille francs !

Mme BALANDIER. Mon pauvre Hilarion ! et c'est moi, moi qui te fais perdre en un jour ce que t'avais amassé par trente années de travail... je te mets sur la paille, toi, qui m'avais tirée du pot-au-feu !

BALANDIER. Voyons, bichette !...

Mme BALANDIER. J'ai voulu faire la madame ! J'étais ridicule, avec mes manières, mes pommades et mes bibelots... (*Elle montre son lorgnon.*) C'est cet être-là qui m'avait entortillée avec ses flatteries, ses compli-

* Alexis, Verminois, Mme Balandier, Balandier assis, Honorine, les Invités au fond.

ments... il me disait que j'avais de l'esprit, l'animal.

VERTMINOIS. Madame!

Mme BALANDIER. Il m'appelait Pompadour, l'intrigant!

VERTMINOIS. Francesca!

Mme BALANDIER, *avec colère*. Francesca vous-même! Je suis Françoise Chipotard, femme Balandier.

BALANDIER *se levant, lui prenant les mains*. Voilà un mot qui me console de tout...

VERTMINOIS, *bas à Françoise*. Tout peut encore se réparer, et avec la dot de ma femme...

Mme BALANDIER. La dot de ma nièce!

BALANDIER. Jamais, monsieur...

HONORINE. Elle m'appartient encore, et je la donne à mes parents. (*Ils l'embrassent.*)

VERTMINOIS, *à part*. Ah! diable!

BALANDIER, *à Honorine*. Non, mon enfant... non! Je chercherai une place dans quelque bureau!

Mme BALANDIER. Toi, travailler... Non... c'est moi la coupable, c'est moi qui réparerai, tu verras, Hilarion... (*Pleurant.*) Je te regagnerai ça peu à peu... Nous reprendrons notre petit logement... je ne serai plus coquette... bien sûr! je serai économe... bien sûr! je ne m'occuperai que de mon ménage. Tiens, voilà les clefs de l'argent... (*avec repentir*) à présent qu'il n'y en a plus!! Et quant à la cuisine... (*elle prend le tablier de cuisine qu'elle a ôté à son mari et le met par-dessus sa robe*) voilà!!

BALANDIER, *attendri*. Mais tais-toi donc! tu ne vois donc pas que tu fais pleurer ta nièce... et moi aussi... et M. le notaire aussi, qui pleure là-bas comme un veau.

VERTMINOIS, *à part*. Sapristi! c'est encore une opération manquée!

Mme BALANDIER, *sanglottant*. Ah! je ne me pardonnerai jamais... jamais...

BALANDIER. Et moi, non-seulement je te pardonne, mais je suis heureux de ce malheur, puisqu'il te rend sage, raisonnable... puisqu'il me fait retrouver ton bon cœur! (*le lui touchant*) car tu as de ça... toi!

Mme BALANDIER. Oh! oui! j'en ai.

BALANDIER. Et ça vaut bien l'argent que j'ai perdu.

SCÈNE XXII.

LES MÊMES, ALEXIS.

ALEXIS. Que vous avez perdu! et que moi j'ai gagné!*

* Vertminois, Mme Balandier, Alexis, Honorine, Balandier, les Invités au fond.

TOUS. Comment!

VERTMINOIS. Il a gagné!

ALEXIS. Il n'y a que les imbéciles qui perdent.

VERTMINOIS, *offensé*. Ah! mais!

Mme BALANDIER. Tu as gagné!

ALEXIS, *montrant Vertminois*. Oui, et à cet imbécile-là... encore, ce qu'il y a de plus joli! (*Mouvement de Vertminois. A tout le monde.*) Vous savez tous... c'est-à-dire non, vous ne savez, personne, qu'il y a une heure... Désespéré... j'avais porté mes six mille francs à mon agent aux faux toupets!

TOUS. Aux faux toupets?

BALANDIER. Qu'est-ce qu'il dit?

ALEXIS. Ça me fait rien!... Je lui avais donné l'ordre formel de me les perdre pour me noyer après...

TOUS. Se noyer?

ALEXIS. Ça ne fait rien... Mais il a mieux aimé gagner... Il a fait une râfle des actions que guignait Vertminois, et il les lui a vendues à vingt francs de hausse!

VERTMINOIS. Sapristi!

ALEXIS, *à Vertminois*. Hein! quel coup de peigne! (*A ses parents.*) Ah ça! c'est votre argent... je vous le rends.

BALANDIER, *refusant*. Par exemple!

Mme BALANDIER. Oh! non.

ALEXIS. Saperlotte! si vous me faisiez un tour comme ça...

Mme BALANDIER. Nous n'accepterions tout au plus que la moitié... J'ai spéculé en compte à-demi avec monsieur... Il me doit l'autre moitié.

VERTMINOIS. C'est juste! Je vais chercher mon notaire! *

Mme BALANDIER. A la campagne?

VERTMINOIS. Prêtez-moi cinq francs... pour aller plus vite!

ALEXIS. Les voilà; mais filez!

VERTMINOIS. A toute vapeur! (*A part.*) Je vais faire une partie de billard. (*Il sort.*)

SCÈNE XXIII.

LES MÊMES, *excepté* VERTMINOIS.

BALANDIER. Je parierais la tête de monsieur le notaire qu'il ne reviendra pas!

HONORINE. Quel bonheur!

ALEXIS, *donnant le portefeuille à sa tante*. Bah! je crois que vous pouvez prendre le tout... C'est à vous! Ainsi...

* Mme Balandier, Vertminois, Alexis, Balandier, Honorine, les Invités au fond.

Mᵐᵉ BALANDIER, *l'embrassant.* Ah ! tu es bien mon neveu.

BALANDIER, *lui prenant la main.* Et le mien !

ALEXIS. Que vois-je? Ma tante en tablier, ça veut dire qu'elle me donne Honorine.*

Mᵐᵉ BALANDIER. Et que je fais votre repas de fiançailles'* ! (*A la société.*) Vous n'en serez pas fâchés... S'occuper de son ménage, rendre son mari heureux, voilà la véritable grande dame !

" Mᵐᵉ Balandier, Balandier, Alexis, Honorine, les invités au fond.

"* Balandier, Mᵐᵉ Balandier, Alexis, Honorine.

BALANDIER, *lui prenant la main.* Et la meilleure femme ! (*Au public.*) Hein ! si pourtant le fond n'avait pas été bon... Je m'en tire... C'est égal... si un ami me demandait conseil, je ne lui dirais peut-être pas : épousez votre cuisinière...

CHOEUR.

AIR: *Chantons, amis, que l'allégresse.* (Belle aux cheveux d'ot.)

Lorsque la paix, dans leur ménage,
Renaît enfin !
Ne troublez pas par un orage,
Ce jour serein.

FIN.

Imprimerie Dondey-Dupré, rue Saint-Louis, 46, au Marais.

MARGUERITE FORTIER, idem.
MARGUERITE, vaud. en 3 actes, par Mme Ancelot.
MATHIAS L'INVALIDE, com.-vaudeville 2 actes.
MADAME ET MONSIEUR PINCHON, vaud. 1 acte.
MARCEL, drame en 5 actes.
LA MAITRESSE DE LANGUES, vaudeville en 1 acte.
LA MARQUISE DE SENNETERRE, comédie 3 actes.
MATHILDE ou la Jalousie, comédie-vaud. 2 actes.
MONSIEUR ET MADAME GALOCHARD, vaud. 1 acte.
LES MILLE ET UNE NUITS, féerie 3 actes 16 tabl.
MURAT, drame en 5 actes et 16 tableaux.
LE MARI DE LA DAME DE CHOEURS, vaud. 2 actes.
LA MARQUISE DE PRÉTINTAILLE, vaud. 1 acte.
NAPOLÉON BONAPARTE, drame en 6 actes, par Alex. Dumas.
LE NAUFRAGE DE LA MÉDUSE, drame en 5 actes.
LA NONNE SANGLANTE, idem.
L'OFFICIER BLEU, drame en 5 actes.
LES ORPHELINS D'ANVERS, idem.
L'OUVRIER, drame en 5 actes, par Fréd. Soulié.
PAUL JONES, drame 5 actes, par Alex. Dumas.
PAUL ET VIRGINIE, drame en 5 actes.
PARIS LA NUIT, idem.
PAMÉLA GIRAUD, drame en 5 actes, par Balzac.
LE PAYSAN DES ALPES, drame en 5 actes.
PAUVRE MÈRE, idem.
PAUVRE FILLE, idem.
PARIS LE BOHÉMIEN, idem.
PASCAL ET CHAMBORD, com.-vaud. en 2 actes.
LA PLAINE DE GRENELLE, drame en 5 actes.
LA PENSIONNAIRE MARIÉE, vaud. en 2 a. Scribe.
LE PERRUQUIER DE L'EMPEREUR, dame en 5 act.
PIERRE LEROUGE, com.-vaud. en 2 actes.
LES PILULES DU DIABLE, féerie en 18 tableaux.
LES PETITES MISÈRES DE LA VIE HUMAINE, vaudeville en 1 acte.

LE PRINCE EUGÈNE ET L'IMPÉRATRICE JOSÉPHINE, drame en 10 tableaux.
LES PRUSSIENS EN LORRAINE, drame en 5 act.
LE PROSCRIT, drame en 5 a., par Fréd. Soulié.
LA PLAINE DE GRENELLE, idem.
QUI SE RESSEMBLE SE GÈNE, vaudev. en 1 acte.
QUAND L'AMOUR S'EN VA, vaudev. en 1 acte.
RENAUDIN DE CAEN, comédie en 2 actes.
RICHE ET PAUVRE, drame en 5 actes, par Émile Souvestre.
RITA L'ESPAGNOLE, drame en 5 actes.
ROMÉO ET JULIETTE, par Frédéric Soulié.
SANS NOM, folie-vaudeville en 1 acte.
LA SALPÉTRIÈRE, drame en 5 actes.
LES SEPT CHATEAUX DU DIABLE, féerie en 5 act.
LA SOEUR DU MULETIER, drame en 5 actes, par Bouchardy.
LES SEPT ENFANTS DE LARA, drame en 5 actes.
STELLA, ou la Forteresse du Mont des Géants, drame en 5 actes.
LA SONNETTE DE NUIT, folie vaudev. en 1 acte.
LA TACHE DE SANG, drame en 3 actes.
LA TRAITE DES NOIRS, drame en 5 actes.
LE TREMBLEMENT DE TERRE DE LA MARTINIQUE, drame en 5 actes.
LA TIRELIRE, vaudeville en 1 acte.
THOMAS MAUREVERT, idem.
UN CHANGEMENT DE MAIN, comédie en 2 actes.
UN MARIAGE SOUS LOUIS XV, comédie en 3 actes, par Alex. Dumas.
UNE PASSION, vaudeville en 1 acte.
UNE VISION DU TASSE, monologue en 1 a. en vers.
VAUTRIN, drame en 5 actes, par Balzac.
LA VÉNITIENNE, drame en 5 actes.
LA VOISIN, drame en 3 actes.
LA VIE DE NAPOLÉON, récit en un acte.

CHEFS-D'OEUVRE DU THÉATRE FRANÇAIS, A 25 CENTIMES.

ATHALIE, tragédie en 5 actes.
ANDROMAQUE, tragédie en 5 actes.
L'AVARE, comédie en 5 actes.
LE BARBIER DE SÉVILLE, comédie en 4 actes.
BRITANNICUS, tragédie en 5 actes.
CINNA, tragédie en 5 actes.
LE CID, tragédie en 5 actes.
LE DÉPIT AMOUREUX, comédie en 2 actes.
L'ÉCOLE DES FEMMES, comédie en 5 actes.
LES FOLIES AMOUREUSES, comédie en 3 actes.
HAMLET, tragédie en 5 actes.
LES HORACES, tragédie en 5 actes.
IPHIGÉNIE EN AULIDE, tragédie en 5 actes.

LE MARIAGE DE FIGARO, comédie en 5 actes.
MAHOMET, tragédie en 5 actes.
LA MORT DE CÉSAR, tragédie en 5 actes.
LE MISANTHROPE, comédie en 5 actes.
LA MÈRE COUPABLE, comédie en 5 actes.
MÉROPE, tragédie en 5 actes.
LA MÉTROMANIE, comédie en 5 actes.
LE MALADE IMAGINAIRE, comédie en 3 actes.
OTHELLO, tragédie en 5 actes.
PHÈDRE, tragédie en 5 actes.
POLYEUCTE, tragédie en 5 actes.
LE TARTUFE, comédie en 5 actes.
ZAIRE, tragédie en 5 actes.

Pièces nouvelles.

À 50 CENTIMES.

LE CHEVALIER D'HARMENTAL, drame en 5 actes.
LA GUERRE DES FEMMES, drame en 5 actes.
LE CONNÉTABLE DE BOURBON, drame en 5 actes.
LE COMTE HERMANN, drame en 5 actes.
LE MOULIN DES TILLEULS, op.-com. en 1 acte.
BLANCHE ET BLANCHETTE, dr.-vaud. en 5 actes.
LES CHERCHEURS D'OR, drame en 5 actes.
LE PIED DE MOUTON, féerie.
BONAPARTE OU LES PREMIÈRES PAGES D'UNE
   GRANDE HISTOIRE, en 5 actes.

À 25 CENTIMES.

LE CONGRÈS DE LA PAIX, vaudeville en 1 acte.
LE TREMBLEUR, comédie-vaudeville en 2 actes.
LA MORT DE GILBERT, monologue en vers.
UNE MAUVAISE NUIT EST BIENTOT PASSÉE,
   comédie-proverbe.
UNE BONNE FILLE, comédie-vaudeville en 1 acte.
LA FACTION DE M. LE CURÉ, vaudeville en 1 acte.
LA CHUTE DES FEUILLES, proverbe en 1 acte.
LE CACHEMIRE VERT, 1 acte, Alex. Dumas.

Imprimerie Boudet-Dupré, rue Saint-Louis, 46, au Marais.

www.ingramcontent.com/pod-product-compliance
Lightning Source LLC
Chambersburg PA
CBHW061606180626
46818CB00005B/1981